Christian Dietrich Grabbe

Scherz, Satire, Ironie und tiefere Bedeutung

Ein Lustspiel in drei Aufzügen

Christian Dietrich Grabbe: Scherz, Satire, Ironie und tiefere Bedeutung. Ein Lustspiel in drei Aufzügen

Berliner Ausgabe, 2015, 5. Auflage
Vollständiger, durchgesehener Neusatz mit einer Biographie des Autors bearbeitet und eingerichtet von Michael Holzinger

Entstanden 1822. Erstdruck in: Dramatische Dichtungen, Frankfurt/M. (Kettembeil) 1827. Uraufführung am 7.12.1876 in Wien.

Textgrundlage ist die Ausgabe:
Christian Dietrich Grabbe: Werke und Briefe. Historisch-kritische Gesamtausgabe in sechs Bänden. Herausgegeben von der Akademie der Wissenschaften in Göttingen, bearb. von Alfred Bergmann, Emsdetten (Westf.): Lechte, 1960–1970.

Herausgeber der Reihe: Michael Holzinger
Reihengestaltung: Viktor Harvion
Umschlaggestaltung unter Verwendung des Bildes:
Zeichnung von Joseph Wilhelm Pero, um 1836

Gesetzt aus Minion Pro, 10 pt

ISBN 978-1482522501

Vorwort

Findet der Leser nicht, daß diesem Lustspiel eine entschiedene Weltansicht zu Grunde liegt, so verdient es keinen Beifall. Im übrigen verspottet es sich selbst und werden daher die literarischen Angriffe von den beteiligten Personen leicht verziehen werden.

Es wird noch bemerkt, daß dieses Stück, ebenso wie die übrigen, schon im Jahre 1822 geschrieben war und auch in mehreren Gesellschaften vorgelesen wurde.

Personen

Baron von Haldungen
Liddy, seine Nichte
Herr von Wernthal, mit ihr verlobt
Freiherr von Mordax
Herr Mollfels
Rattengift, ein Dichter
Der Schulmeister des Dorfes
Tobies, ein Bauer
Gottliebchen, sein Sohn
Gretchen, Dienstmagd der Gerichtshalterin
Konrad, ein Schmied
Vier Naturhistoriker
Der Teufel
Seine Großmutter
Kaiser Nero, ihr Bediente
Grabbe, der Verfasser des Lustspiels
Dreizehn Schneidergesellen und andere Nebenpersonen.

Die Szene ist in und bei dem Dorfe des Barons.

Erster Akt

Erste Szene

Stube des Schulmeisters.

SCHULMEISTER *sitzt am Tische und schenkt aus einer großen Flasche sich ein Glas nach dem andren ein.* Utile cum dulci, Schnaps mit Zucker! – Es wird heute ein saurer Tag, – ich muß den Bauerjungen die erste Deklination beibringen. Ein Bauerjunge und die erste Deklination! Das kommt mir vor als wenn ein Rabe ein rein Hemd anziehen wollte! *Er blickt durch das Fenster.* Alle Wetter, da kommt der schiefbeinige Tobies mit seinem einfältigen Schlingel! Schwerenot, wo verstecke ich meinen Schnaps? – geschwind, geschwind, ich will ihn in meinen Bauch verbergen! *Er säuft die Bouteille mit einer entsetzlichen Schnelligkeit aus.* Ah, das war ein Schluck, dessen sich selbst Pestalozzi nicht hätte zu schämen brauchen! Die leere Flasche zum Fenster hinaus!

Tobies und Gottliebchen treten herein.

TOBIES. Wünsche wohl geschlafen zu haben, Herr Schulmeister.

SCHULMEISTER. Danke, Herr Gevatter, danke! – Alles noch wohl in der Familie?

TOBIES. So lala! Meine Frau ist gesund, aber mein bestes Schwein liegt in den letzten Zügen. Es stöhnt und ächzt wie ein alter Mann!

SCHULMEISTER. Bedaure, bedaure, sowohl das Schwein als wie den alten Mann!

TOBIES. Wie stehts denn am politischen Himmel, Herr Schulmeister? Was sagen die neuen Zeitungen? Hat der Grieche gewonnen? Ist der Erbfeind verjagt?

SCHULMEISTER. Die Aspekten sind nicht ungünstig. Der hamburger Unparteiische hat schon wieder 30000 Türken totgeschlagen, und der nürnberger Korrespondent fährt unermüdlich fort die griechischen Jungfrauen der edelsten Geschlechter zu notzüchtigen; auch flüstert man sich aus zuverlässigen Quellen in die Ohren, daß das auseinandergelaufene Heer des Ypsilanti am 25sten künftigen Monats in einer großen Bataille gesiegt hat.

TOBIES *Nase und Maul aufsperrend.* Am 25sten *künftigen* –?

SCHULMEISTER. Wundern Sie sich nicht, Herr Tobies! Die Kuriere gehen rasch! Verbesserte Poststraßen, verbesserte Poststraßen!

TOBIES. Jesus Christus! so 'ne Poststraße, worauf der Kurier einen Monat vorausläuft, möchte ich vor meinem Tode wohl 'mal sehen!

SCHULMEISTER. Freilich ist so etwas hier zu Lande rar! Aber, Herr Tobies, Sie werden ja aus eigner Erfahrung bemerkt haben, daß ein gutes Pferd auf einer guten Chaussee den Weg von einer Stunde in einer halben zurücklegt; wenn Sie sich nun das Pferd immer besser und die Chaussee immer vortrefflicher denken, so muß es ja natürlich dahin kommen, daß das Pferd den Weg in einer Viertelstunde, in zehn Minuten, in einer Minute, in nichts, in gar nichts und zuletzt in noch weniger als gar nichts zurücklegt! Begreifen Sie?

TOBIES. Ich begreife, aber verstehen tu ich Sie – hol mich der Teufel! doch noch nicht.

SCHULMEISTER. Da Sie mich schon begreifen, so macht es soviel nicht aus, ob Sie mich auch verstehen. Doch, wie Cicero zum Cäsar sagt – Ei, was ziehen Sie da aus der Rocktasche?

TOBIES. Ja, das ist es eigentlich, weswegen ich mit Gottliebchen hier vorgesprochen habe. Meine Frau läßt Ihnen ein Kompliment machen und bittet Sie recht artig, mit dieser Wurst vorlieb zu nehmen.

SCHULMEISTER. Vorlieb zu nehmen!

Er ergreift die Wurst und ißt sie auf.

TOBIES. Sehen Sie, unser Gottliebchen hat die Würmer und deshalb meint seine Mutter, daß aus ihm noch einmal ein Gelehrter würde. – Nicht wahr, Gottliebchen, du willst ein Gelehrter werden?

GOTTLIEBCHEN. Ja, ich habe die Würmer.

SCHULMEISTER. Herr Gevatter, sein Sie überzeugt, daß ich die vielversprechenden Anlagen Ihres hoffnungsvollen Sohnes zu schätzen weiß!

TOBIES. Nun wünschen ich und meine Frau, daß Sie den Jungen ins Haus nehmen und, mit Respekt zu sagen, zum Pastor erziehen möchten. Wir sähen ihn doch gar zu gerne, mit Respekt zu sagen, auf der Kanzel stehen! Zur Erkenntlichkeit wollen wir Ihnen an jedem Sankt Martinstage neun fette Gänse und ein Stückfaß voll Schnaps schicken.

SCHULMEISTER. Wie? ein Stückfaß? und voll bis an den Rand?

TOBIES. Schwappend voll, Herr Schulmeister!

SCHULMEISTER. Jeder Zoll ein Schnaps! Ihr Sohn gehört zu den eminentesten Köpfen! Ich werde ihn nicht nur in die tiefsten Geheimnisse der Dogmatik, der Homiletik und der übrigen Nebenwissenschaften der Theologie einweihen, sondern ihn auch in den plastischen, idyllischen und mephytischen Hauptwissenschaften unserer Landprediger, als wie im Schweineschneidern, Kuhschlachten und Mistaufladen zu unterrichten suchen. – Um Ihnen zu beweisen, wie sehr mir Gottliebchens Wohlfahrt am Herzen liegt, will ich mich noch heute mit ihm auf das Schloß verfügen und ihn der jungen Baronin und ihrem Onkel, welche gestern angekommen sind, als ein großes Genie vorstellen; vielleicht, daß man ihm eine außerordentliche Unterstützung zu seinen Studien gewährt.

TOBIES. Na, das tun Sie, Herr Schulmeister! Aber ich bitte, quälen Sie den Jungen mit dem Lernen nicht zu übermäßig. Ich habe ein paar Ochsen, welche mit dem Kopfe ziehen müssen, und da weiß ich denn, was Kopfarbeit für eine Arbeit ist. Guten Morgen!

Geht ab.

SCHULMEISTER *zu Gottliebchen.* Nun komm, du Esel, und gib Acht! Ich will dir sagen, wie du es auf dem Schlosse machen mußt, um dich genial zu stellen: du mußt entweder völlig das Maul halten, – dann denken sie, Donnerwetter, der muß viel zu verschweigen haben, denn er sagt kein Wort; – oder du mußt verrücktes Zeug sprechen, – dann denken sie, Donnerwetter, der muß etwas Tiefsinniges gesagt haben, denn wir, die wir sonst alles verstehen, verstehen es nicht; – oder du mußt Spinnen essen und Fliegen einschlingen, – dann denken sie, Donnerwetter, der ist ein großer Mann, (oder wie es bei dir schicklicher heißen würde, ein großer Junge) denn er ekelt sich vor keinen Fliegen und Spinnen. Sag, Rindvieh, was von allem diesen willst du tun?

GOTTLIEBCHEN. Ich will's Maul halten.

SCHULMEISTER. So halt es, und meinetwegen mit der Hand, denn das sieht noch allegorischer und poetischer aus. Jedoch kann ich dir dessenohngeachtet ein andres notwendiges Requisit nicht erlassen: du mußt bisweilen eine genialische Zerstreutheit zeigen. Dies machst du ohngefähr so, Gottliebchen: du steckst, ehe du aus dem Hause gehst, eine tote Katze in die Uhrtasche; wenn du dann nachher in Gesellschaft eines schönen Fräuleins spazierst und mit ihr in der Abenddämmerung die Sterne betrachtest, so ziehst du auf einmal deine tote Katze heraus und führst sie an die Nase, als wenn du dich hineinschnupfen wolltest; da wird denn das Fräulein leichenblaß aufschreien: »Sackerlot, eine tote Katze!« du aber erwiderst wie zerstreut: »ach Gott, ich meinte, es wäre ein Gestirn!« – So etwas bringt dich in den Ruf der Originalität, du Mißgeburt!

Er gibt ihm eine Ohrfeige.

GOTTLIEBCHEN. Au! au! au!

SCHULMEISTER. Erschrick nicht, mein Söhnchen! Utile cum dulci, ein Ohr, weil es nützlich ist, und eine Feige, weil sie süß ist, also eine Ohrfeige. Es gehört zu den Feinheiten meiner Erziehungsmethode, mußt du wissen, daß ich dem Schüler bei jeder interessanten Lehre eine markdurchdringende Maulschelle erteile, denn späterhin wird er alsdann immer, wenn er sich an die Maulschelle erinnert, sich auch an die Lehre erinnern, welche sie begleitete. – Doch, allons, wir wollen aufs Schloß! Tunke die Feder tief in das Tintenfaß und zieh mir damit einen dicken, schwarzen Strich quer über die Nase durchs Gesicht! Die gnädige Herrschaft soll selbst in meinem Antlitze die Spuren meines Fleißes erblicken!

Gottliebchen zieht ihm einen dicken Tintenstrich durchs Gesicht und sie gehen beide ab.

Zweite Szene

Heller, warmer Sommertag.
Der Teufel sitzt auf einem Hügel und friert.

TEUFEL. 's ist kalt, – kalt – in der Hölle ists wärmer! – Satirische Großmutter hat mir zwar, weil sieben am häufigsten in der Bibel vorkommt, sieben Pelzhemdchen, sieben Pelzmäntelchen und sieben Pelzmützchen angezogen, – aber 's ist kalt, – kalt – Hol mich Gott, es ist sehr kalt! – – Könnt ich nur Holz stehlen oder 'nen Wald anzünden, – 'nen Wald anzünden! – Alle Engel, 's wäre doch kurios, wenn der Teufel erfrieren müßte! – – Holz stehlen, – Wald anzünden, – anzünden! – stehlen –

Er erfriert.

EIN NATURHISTORIKER *tritt auf, botanisierend.* Wahrhaftig, es finden sich in dieser Gegend seltene Gewächse; Linnäus, Jussieu – Herr Christus, wer liegt hier auf der Erde? Ein toter Mensch, und, wie man deutlich sieht, erfroren! Nun, das ist doch sonderbar! Ein Wunder, wenn es nämlich ein Wunder gäbe! Wir schreiben heute den 2ten August, die Sonne steht flammend am Himmel, es ist der heißeste Tag, den ich je erlebt habe, und der Mensch da wagt es, unterwindet sichs, gegen alle Regeln und Beobachtungen weiser Männer zu erfrieren! – Nein, es ist unmöglich, absolut unmöglich! Ich will meine Brille aufsetzen! *Er setzt sich die Brille auf.* Sonderbar! sonderbar! Ich habe meine Brille aufgesetzt und der Kerl ist nichtsdestoweniger erfroren! Höchst sonderbar! Ich will ihn zu meinen Kollegen bringen! *Er packt den Teufel beim Kragen und schleppt ihn mit sich fort.*

Dritte Szene

Saal auf dem Schlosse.
Der Teufel liegt auf dem Tische und die vier Naturhistoriker stehen um ihn herum.

ERSTER NATURHISTORIKER. Sie geben mir zu, meine Herren, es ist mit diesem Toten ein verwickelter Kasus.

ZWEITER NATURHISTORIKER. Wie man es nimmt! Es ist nur schlimm, daß seine Pelzkleider so labyrinthisch zugeknöpft sind, daß selbst der Weltumsegler Cook sie nicht würde aufknöpfen können.

ERSTER NATURHISTORIKER. Sie geben mir zu, daß es ein Mensch ist?

DRITTER NATURHISTORIKER. Gewiß! er hat fünf Finger und keinen Schwanz.

VIERTER NATURHISTORIKER. Hier ist also nur die Frage zu lösen, was es für ein Mensch sein mag.

ERSTER NATURHISTORIKER. Richtig! Dabei kann man aber nicht vorsichtig genug zu Werke gehn; obschon es also heller Tag ist, so rate ich doch, daß man noch außerdem ein Licht anzündet.

DRITTER NATURHISTORIKER. Sehr wahr, Herr Kollege!

Sie zünden ein Licht an und setzen es neben den Teufel auf den Tisch.

ERSTER NATURHISTORIKER *nachdem sie alle vier den Teufel mit der angestrengtesten Aufmerksamkeit betrachtet haben.* Meine Herren, ich denke jetzt mit diesem rätselhaften Kadaver im klaren zu sein, und ich hoffe, daß ich mich nicht irre. Bemerken Sie diese zurückgestülpte Nase, diese breiten, großmäuligen Lippen, – bemerken Sie, sage ich, diesen unnachahmlichen Zug von göttlicher Grobheit, welcher über das ganze Antlitz ausgegossen ist, und Sie werden nicht zweifeln, daß Sie einen unsrer jetzigen Rezensenten, und zwar einen echten, vor sich liegen sehen.

ZWEITER NATURHISTORIKER. Lieber Kollege, ich kann nicht so völlig mit Ihrer übrigens außerordentlich scharfsinnigen Meinung übereinstimmen. Nicht zu erwähnen, daß unsre heurigen Rezensenten, besonders die Theaterkritiker, mehr einfältig als grob sind, so spüre ich auch in diesem toten Gesichte kein einziges von den Merkmalen, welche Sie uns aufzuzählen belieben. Ich gewahre im Gegenteil durchaus etwas Mädchenartiges darin; die buschigen, überhängenden Augenbrauen deuten auf jene zarte, weibliche Verschämtheit, welche sogar ihre Blicke zu verstecken trachtet, und die Nase, welche Sie zurückgestülpt nennen, scheint sich vielmehr aus Höflichkeit zurückgebeugt zu haben, um dem schmachtenden Liebhaber einen recht großen Platz zum Kusse offen zu lassen; – genug, wenn mich nicht alles trügt, so ist dieser erfrorene Mensch eine Pastorstochter.

DRITTER NATURHISTORIKER. Ich muß gestehen, mein Herr, daß mir Ihre Hypothese etwas gewagt vorkommt. Ich vermute, daß es der Teufel ist.

ERSTER UND ZWEITER NATURHISTORIKER. Das ist ab initio unmöglich, denn der Teufel paßt nicht in unser System!

VIERTER NATURHISTORIKER. Streiten Sie sich nicht, meine wertgeschätzten Kollegen! Nun will ich Ihnen *meine* Meinung sagen, und ich wette, daß Sie derselben sofort beistimmen werden. Betrachten Sie die enorme Häßlichkeit, welche uns aus jeder Miene dieses Gesichtes entgegenkreischt, und Sie sind ja gezwungen, mir einzuräumen, daß solch eine Fratze gar nicht existieren könnte, wenn es keine deutsche Schriftstellerinnen gäbe.

DIE DREI ANDREN NATURHISTORIKER. Ja, es ist eine deutsche Schriftstellerin; wir weichen Ihren triftigern Argumenten.

VIERTER NATURHISTORIKER. Ich danke Ihnen, meine Kollegen! – Aber, was ist das? Sehen Sie auch wie die Tote, seitdem wir ihr das brennende Licht vor die Nase gesetzt haben, anfängt sich zu regen? Jetzt zuckt sie mit dem Finger, – jetzt schüttelt sie mit dem Kopfe, – sie macht die Augen auf, – sie ist lebendig!

TEUFEL *sich auf dem Tische emporrichtend.* Wo – bin ich? – Hu, friere noch immer! *Zu den Naturforschern.* Bitte, meine Herren, machen Sie doch dort die beiden Fenster zu, – ich kann den Luftzug nicht recht gut vertragen!

DER ERSTE NATURHISTORIKER *indem er die Fenster zumacht.* Sie haben gewiß eine schwache Lunge!

TEUFEL *indem er vom Tische herunterklettert.* Nicht immer! Wenn ich in einem wohleingeheizten Ofen sitze, nicht!

ZWEITER NATURHISTORIKER. Wie? Sie setzen sich in einen wohleingeheizten Ofen?

TEUFEL. Ja, ich pflege mich bisweilen hineinzusetzen.

DRITTER NATURHISTORIKER. Eine merkwürdige Gewohnheit!

Er schreibt es auf.

VIERTER NATURHISTORIKER. Nicht wahr, Madam, Sie sind eine Schriftstellerin?

TEUFEL. Schriftstellerin? Was soll das heißen? Solche Weiber plagt der Teufel, aber Gott behüte den Teufel, daß sie der Teufel selbst wären.

ALLE VIER NATURHISTORIKER. Was? also doch der Teufel? der Teufel?

Sie wollen davonlaufen.

TEUFEL *beiseit.* Ha, nun kann ich einmal weidlich lügen! *Laut.* Meine Herren, meine Herren! wohin? Beruhigen Sie sich! Sie werden doch vor keiner Spielerei, die ich mit meinem Namen mache, davonlaufen?

Die Naturhistoriker kehren wieder um.

Ich *heiße* Teufel, aber ich *bins* wahrhaftig nicht!

ERSTER NATURHISTORIKER. Mit wem denn haben wir die Ehre zu sprechen?

TEUFEL. Mit Theophil Christian Teufel, Generalsuperintendenten in herzoglich – – schen Diensten, Ehrenmitgliede einer Gesellschaft zur Beförderung des Christentums unter den Juden, und Ritter des päpstlichen Zivilverdienstordens, welcher mir nämlich im Mittelalter vom Papste dafür, daß ich ihm den Pöbel in steter Furcht erhielt, verliehen worden ist.

VIERTER NATURHISTORIKER. So müssen Sie ja schon ein bedeutendes Alter erreicht haben!

TEUFEL. Sie irren, ich bin erst 11 Jahr alt.

DRITTER NATURHISTORIKER *zum zweiten.* Das ist der größte Lügenbeutel, den ich je gesehen habe.

ZWEITER NATURHISTORIKER *zum dritten.* So wird er den Damen sehr gefallen! –

Teufel ist dem Lichte immer näher gerückt und hat unwillkürlich den Finger hineingesteckt.

ERSTER NATURHISTORIKER. Herr Gott, was machen Sie da Herr Generalsuperintendent? Sie stecken ja den Finger ins Licht!

TEUFEL *verwirrt; den Finger zurückziehend.* Ich – ich liebe es, den Finger ins Licht zu stecken!

DRITTER NATURHISTORIKER. Sonderbare Passion! *Schreibt es auf.*

Der Baron, Liddy, Wernthal und Rattengift treten ein.

VIERTER NATURHISTORIKER. Ah, der Baron und die Gesellschaft!

ERSTER NATURHISTORIKER *zu den Eintretenden.* Hier stelle ich Ihnen den Herrn Generalsuperintendenten Theophil Teufel vor, welcher im Mittelalter Ritter vom päpstlichen Zivilverdienstorden geworden ist, und sich nicht nur in wohleingeheizte Öfen zu setzen pflegt, sondern auch den Finger in das Licht zu stecken liebt!

RATTENGIFT. Ei, Herr Generalsuperintendent, Sie kommen ja wie gerufen, um die schöne Liddy mit dem Herrn von Wernthal zu kopulieren.

TEUFEL *verlegen.* Kopulieren? Ich? *Halblaut.* Heilige Kreuz-Donnerwetter, ich kenne die Formel nicht!

LIDDY. Fluchen Sie nur nicht so gräßlich, Herr Generalsuperintendent! Mit dem Kopulieren hats noch einige Monate Zeit.

WERNTHAL. Liddy, wie können Sie mir diese Hand, die ich voller Sehnsucht an meine Lippen drücke, so lange verweigern?

LIDDY *unwillig ihre Hand wegziehend.* Herr von Wernthal, lassen Sie das! Ich liebe die Narreteien nicht!

WERNTHAL. O, teures Fräulein, ich verehre Sie so grenzenlos, daß ich –

BARON. Eine Prise, Herr von Wernthal! *Herr von Wernthal nimmt sie und niest gewaltig.*

Der Teufel ist unterdes dem Lichte wieder näher gerückt und hält abermals den Finger hinein.

DIE VIER NATURHISTORIKER *welche jede seiner Bewegungen mit ihren Blicken verfolgt haben, lautrufend.* Sehen Sie, sehen

Sie, meine Herren, der Generalsuperintendent hält schon wieder den Finger ins Licht!
DER TEUFEL. Ei, so wollt ich doch –

Er reißt sich mit der rechten Hand den linken Arm ab und prügelt damit die Naturhistoriker zur Stube hinaus; dann setzt er sich den Arm wieder ein und kehrt zur Gesellschaft zurück.

RATTENGIFT. Herr! Herr! was soll ich von Ihnen denken? Sie reißen sich da den Arm aus und setzen ihn wieder ein, als wenn man einen Strumpf aus und anzieht! Wahrlich, das wäre selbst in der Poesie zu kühn, wieviel mehr im Leben!
TEUFEL. Sie erstaunen um nichts! Bloße Geschwindigkeit! Ich habe auf der Universität zu – die Theologie studiert und dort schnappt man in den Kollegien nebenbei solcherlei Kunststückchen weg!
EIN DIENER *tritt auf.* Der Schulmeister wünscht vorgelassen zu werden; er hätte ein junges Genie bei sich, welches er der Gesellschaft produzieren wolle.
BARON. Sag dem Saufaus vom Schulmeister, daß er sich mit seinem Genie zum Henker packen möge!
LIDDY. Ei, lieber Onkel, verderben Sie uns den Spaß nicht! Der Schulmeister ist der lustigste Kauz, den ich kenne, und bei aller seiner Tollheit, weiß er recht gut, was er tut! Gewiß hat er irgend einen erzdummen Dorftölpel aufgefischt, den er uns nun als einen großen Poeten vorstellen und ganz dreist mit Homer und Ariost vergleichen wird.
BARON *zu dem Diener.* So laß ihn hereinkommen.

Diener ab.

Aber Sie, Herr Generalsuperintendent, sollen ihn zu schrauben suchen!
TEUFEL. Ich will ihn schon ins Gebet nehmen, Herr Baron!
WERNTHAL *zu Liddy.* Sie sind es doch stets, welche Jedem –
BARON. Eine Prise, Herr von Wernthal!

Wernthal nimmt sie und niest.

LIDDY. Der Schulmeister hat wahrscheinlich wieder neue Heringe erhalten, Herr Rattengift!
RATTENGIFT. Die vertrackten Heringe!

Er geht grimmig ab.

BARON. Was ist das mit den Heringen, du schadenfrohe Nichte? Rattengift schien gewaltigen Anstoß daran zu nehmen!

LIDDY. Geduld, lieber Onkel! Sie werden es gleich vom Schulmeister selbst erfahren.

Der Schulmeister und Gottliebchen treten ein.

SCHULMEISTER *mit großen Reverenzen.* Habe die Ehre und die –

WERNTHAL. Um des Himmelswillen, Herr Schulmeister, was haben Sie da für einen furchtbaren Tintenstrich durchs Gesicht?

SCHULMEISTER *stellt sich erstaunt.* Ich – einen Tintenstrich? – wirklich? – – Ah, Euer Gnaden, da können Sie nun betrachten, was der Fleiß, was der Eifer –

LIDDY. Bemühen Sie sich nicht, Herr Schulmeister! Wir wissen, was so etwas bei Ihnen bedeutet! Nicht wahr? gestern als die Sonne unterging, ging Ihnen ein großer Gedanke auf, und da Sie grade kein weißes Papier bei sich hatten, so schrieben Sie ihn in der Eile sich ins Gesicht!

SCHULMEISTER. Gnädiges Fräulein, Sie erraten nicht übel –

LIDDY. Oder Sie besahen sich zufälligerweise im Spiegel, und da Ihnen Ihr Gesicht zu schlecht vorkam, so strichen Sie es aus!

SCHULMEISTER. Sie werden bitter, Fräulein, werden bitter! Tinte ist das wahre Seelenblut eines Gelehrten, und Wehe dem Gelehrten, der sein Seelenblut im Gesichte sitzen hat, denn es sieht sehr häßlich aus und macht schwarze Flecke.

BARON UND WERNTHAL. Ein närrischer Pedant!

LIDDY *leise zum Schulmeister.* Scherz beiseit! Hat die alte Marie das Geld erhalten?

SCHULMEISTER. Ja, bestes Fräulein, und sie weinte vor Freuden –

LIDDY. Still! hier ist noch ein Louisd'or für sie, – ich werde sie heute abend besuchen!

Der Teufel welcher mittlerweile dem Lichte wieder allmählich näher gegangen war, fängt auf einmal laut an zu weinen und zu schluchzen.

BARON. Holla, was fällt so plötzlich dem Generalsuperintendenten ein? Er schluchzt ja wie ein Mühlrad!

WERNTHAL. Wahrhaftig, die Tränen laufen ihm dick über die Wangen!

SCHULMEISTER. Ein Generalsuperintendent? – Gottliebchen, mach eine Verbeugung!

LIDDY. Was fehlt Ihnen, mein Herr?

TEUFEL. Ach! Sie können noch fragen! Hier muß was Edles geschehen sein!

BARON. Was Edles?

SCHULMEISTER. Der Herr Generalsuperintendent irren sich nicht! Fräulein Liddy hat mir eben einen Louisd'or für die kranke Marie gegeben.

TEUFEL. Hören Sie es nun, meine Herren?

WERNTHAL. Und deswegen fingen Sie an zu weinen?

TEUFEL *sich die Augen trocknend.* Ja, es machte mich melancholisch.

LIDDY. Beruhigen Sie sich; es soll sobald nicht wieder geschehn!

BARON. Nein, das ist bei einem Generalsuperintendenten doch höchst singulär!

WERNTHAL. Was meinen Sie dazu, Herr Schulmeister?

SCHULMEISTER. Seine Hochwürden scheinen sehr gemütlich zu sein!

BARON. Gemütlich? Wo haben Sie das jämmerliche Wort her?

SCHULMEISTER. Aus der Zeitung für die elegante Welt.

BARON. Zeitung für die elegante Welt? Wo haben Sie denn die her?

LIDDY. Nun, lieber Onkel, erinnern Sie sich an die Heringe, vor denen der ästhetische Rattengift davonlief.

SCHULMEISTER. Ja, Herr Baron, damit hat es seine eigne Bewandtnis. Ich habe in der Stadt einen weitläuftigen Vetter, Herrn Pfennigschlucker, der mit Packdraht, Gemmen, Kupferstichen, Fischen und alten Hosen einen nicht uneinträglichen Handel treibt.

BARON. Wir glauben es.

SCHULMEISTER. Dieser Mann pflegt mir alle vierzehn Tage ein Paketchen halbfauler Heringe zu schicken, für welches ich nur den spottwohlfeilen Preis von 14 Groschen zu bezahlen brauche; die einzelnen Heringe aber hat er meistenteils sorgfältig in die frischen Druckbogen der elendesten poetischen Werke und Zeitschriften eingewickelt, und auf diese Weise werde ich denn so ziemlich vollständig mit den besten Produkten unserer neueren Literatur versorgt.

BARON. Hahaha! eine Heringsliteratur!

SCHULMEISTER. Da erhalte ich nun Gedichte von August Kuhn, Erzählungen von Krug von Nidda, Maultrommel- oder Lyra-Töne von Theodor Hell, Trauerspiele von einem gewissen Herrn von Houwald –

WERNTHAL. Bei Gott, das sind ja lauter Damenschriftsteller! lauter geschätzte Damenschriftsteller!

LIDDY. Herr von Wernthal, wenn man, wie es jetzt Mode ist, grade die fadesten Schriftsteller, Damenschriftsteller nennt, so macht man uns wahrlich ein schlechtes Kompliment damit.

BARON. Kind, tadle den Herrn von Wernthal nicht! Bedenke! Houwald, der sinnige, zarte Houwald! um einen Hering gewickelt! welche Beleidigung!

SCHULMEISTER. Keine Beleidigung, Herr Baron, sondern eine Verbesserung! Der gute Mann will nämlich zuweilen auch satirisch sein. So hat er vor einiger Zeit eine Parodie auf die Schuld schreiben wollen, welche letztere mir bei allen ihren Mängeln doch noch viel zu gut dünkt, als daß ihre Rezensenten sie verstehen könnten; sein Machwerk hieß, wie ich glaube, die Fliegenklatsche, und enthielt viel Trivialität, aber kein Körnchen Salz; seitdem sich jedoch meine eingewickelten Heringe desselben erbarmt haben, ist es so durch und durch salzig geworden, daß selbst Müllner, wenn er es in den Mund nähme, ausrufen würde: »Ich habe noch nie etwas so Salziges geschmeckt!«

BARON. Bravissimo, Herr Schulmeister! Sie sind mein Mann! – Aber in aller Welt, wie kommen Sie auf dem Dorfe zu diesen sarkastischen Ansichten über unsre moderne Schriftstellerei?

SCHULMEISTER *sich gegen Liddy verbeugend.* Hier steht meine Lehrerin; – als Fräulein Liddy vorigen Winter krank war, mußte ich ihr abends aus neuerschienenen Werken vorlesen, und da habe ich denn, wenn sie die meisten zum Feuer verurteilte, nicht wenig profitiert.

LIDDY. Der Herr Schulmeister erzeigen mir zu viel Ehre!

Während dieser Unterredung hat sich der Teufel beiseit gemacht; er hat mit schadenfrohem Lächeln einen Stuhl zerbrochen, die einzelnen Stücke in den Kamin gelegt, sein chemisches Feuerzeug herausgezogen, das Holz angezündet, die spanische Wand vorgeschoben und sich dahinter begeben.

WERNTHAL *vermißt ihn zuerst.* Aber wo ist unser Generalsuperintendent geblieben?

BARON. Er scheint davongelaufen zu sein! Am Ende ist er auch einer von den neuen Skribenten.

SCHULMEISTER. Ja ja, wahrscheinlich wird er ebenfalls um einen verfaulten Hering gewickelt.

BARON *zornig.* Man sollte die ganze Leipziger Büchermesse darumwickeln! Judenjungen, deren Bildung im Schweinefleischessen besteht, spreizen sich auf den kritischen Nachtstühlen, und erheben nicht nur Armseligkeitskrämer zu den Sternen, sondern injuriieren sogar ehrenwerte Männer mit ihren Lobsprüchen –

Liddy wendet sich bei den ersten unedlen Ausdrücken rasch weg und redet eifrig mit dem Herrn von Wernthal, indem sie tut, als ob sie von den Worten des Barons nichts hörte. Dieser fährt noch heftiger fort.

Reimschmiede, die so dumm sind, daß jedesmal wenn ein Blatt von ihnen ins Publikum kommt, die Esel im Preise aufschlagen, heißen ausgezeichnete Dichter, – Schauspieler, die so langweilig sind, daß alles vor Freude klatscht, wenn sie endlich einmal abgehen, heißen denkende Künstler, – Vetteln, deren Stimmen so scharf sind, daß man ein Stück Brot damit abschneiden könnte, tituliert man echt dramatische Sängerinnen! – Die Muse der Tragödie ist zur Gassenhure geworden, denn jeder deutsche Schlingel notzüchtigt sie nach Belieben und zeugt mit ihr fünfbeinige Mondkälber, welche so abscheulich sind, daß ich den Hund bedaure, der sie anpißt! – Die Wörter: »genial, sinnig, gemütlich, trefflich« werden so ungeheuer gemißbraucht, daß ich schon die Zeit sehe, wo man, um einen entsprungenen, über jeden Begriff erbärmlichen Zuchthauskandidaten vor dem ganzen Lande auf das unauslöschlichste zu infamieren, an den Galgen schlägt: N.N. ist sinnig, gemütlich, trefflich und genial! – O stände doch endlich ein gewaltiger Genius auf, der mit göttlicher Stärke von Haupt zu Fuß gepanzert, sich des deutschen Parnasses annähme und das Gesindel in die Sümpfe zurücktriebe, aus welchen es hervorgekrochen ist!

SCHULMEISTER. Dieser Genius ist aufgestanden, Herr Baron, er steht vor Ihnen, es ist Gottliebchen!

LIDDY *muß hier laut auflachen.* Das wäre!

SCHULMEISTER. Das *ist*, Fräulein Liddy, das *ist*! Er hat seiner Mutter das irdene Geschirr zum Fenster hinausgeschmissen!

LIDDY. Gottliebchen, bist du ein Genius?

GOTTLIEBCHEN *halb weinend.* Ich – ich – ich –

SCHULMEISTER. Schauen Sie, mit welcher Geistesgegenwart er sich in eine malerische Positur wirft? Wie er sich hinter den Ohren kratzt? Ganz die Stellung von Hogarths greinendem Straßenbuben! Ich habe es von je gesagt, daß in dem Gottliebchen ein großes Talent zum Malerschauspiel stäke!

BARON. Ei, Schulmeister, was ist denn ein Malerschauspiel?

SCHULMEISTER. Die Malerschauspiele sind etwas Neues, Herr Baron. Ein Kind, welches gern mit Farben und Bilderchen spielt, freut sich, sie erfunden zu haben; ihr Charakter besteht darin, daß alles, was in ihnen vorkommt, malerisch ist; so z.B. sind die auftretenden Personen immer einfältige *Pinsel*, wie unter andern der Ritter Nanni, Van Dyk, Spinarosa, der Marchese di Sorrento u.s.w.

BARON. Nun, Herr von Wernthal, was sagen Sie zu dieser Erklärung der Malerschauspiele?

WERNTHAL. Ich fürchte, der Schulmeister findet sie malerischer als es die Verfasser haben wollen. –

LIDDY. Ich weiß nicht, meine Herren, es wird hier im Zimmer außerordentlich schwül.

WERNTHAL *welcher sich schon mehrmals die Stirne gewischt hat.* Ja ja, ich spüre eine zunehmende Hitze! Es ist beinahe, als wenn man eingeheizt hätte!

BARON. Wo denken Sie hin? Die Sonne brennt auf den Schornstein.

LIDDY. Wer von den beiden hat Recht, Gottliebchen?

GOTTLIEBCHEN. Ja.

LIDDY. O weh, das ist ein arger Tropf, Herr Schulmeister!

SCHULMEISTER. Ein Tropf-Genius, wie es deren in unsren Tagen viele gibt! Er will verstanden sein, er hat Tiefe! Auch werden seine Schriften nicht um verfaulte Heringe gewickelt!

LIDDY. Das spricht zu seinen Gunsten, denn es beweist doch wenigstens, daß er noch keine geschrieben hat! –

WERNTHAL *zum Baron.* Bemerken Sie den Rauch, der sich im Zimmer verbreitet? Unmöglich kommt das von der Sonne!

BARON. Ich bekenne meinen Irrtum. – Es ist doch nebenan kein Feuer ausgebrochen?

TEUFEL *aus dem Kamine hinter der spanischen Wand nach der Melodie von Goethes Fischerliede heraussingend.*

»Ach wüßtest du, wie's wohlig ist
Dem Teufel in dem Feur –«

Er schlägt einen Triller.

BARON. Alle Wetter, das ist die Stimme des Ritters vom päpstlichen Zivilverdienstorden!

SCHULMEISTER *ist hinter die spanische Wand gelaufen und kommt voller Entsetzen zurück.* Nein, nein, nein! Mir stehen die Haare zu Berge! Der Herr Generalsuperintendent sitzt mitten im lodernden Kamine, schluckt glühende Kohlen herunter, und schlägt dabei seinen Triller, daß Gott erbarm!

ALLE. Wie?!

Sie reißen die spanische Wand weg; man sieht wie der Teufel eben aus dem Kamine steigt.

SCHULMEISTER. Sehen Sie es nun, wie er herausklettert? O tempora, o mores!

BARON *zum Teufel.* Zum Henker, Herr, was ist das für ein Betragen? Sind Sie toll? Sich in den Kamin zu setzen? Kohlen zu –

TEUFEL *beiseit.* Jetzt gilt es grob zu sein und eine unverschämte Stirn zu zeigen! *Zum Schulmeister.* Du niederträchtiges Krötenschnupftuch, wie kannst du sagen, daß ich in dem Kamin gesessen hätte?

SCHULMEISTER. Herr –

TEUFEL. Ja, nun glaube ichs steif und fest, daß die fünfzig Danaidenfässer funfzig Schulmeister gewesen sind, denn alles wird endlich voll, nur so ein versoffener Kinderohrfeigenverfertiger nicht! Wie, frage ich nochmals, wie konntest du mich, du Schnapsegel, im Kamine sitzen sehen, wenn du nicht besoffen gewesen wärst? Ich saß ja nur davor und blies das Feuer an!

SCHULMEISTER. Donnerwetter, Herr Generalsuperintendent –

TEUFEL. Was? willst du noch nicht das Maul halten, du –

LIDDY. Still! das Schimpfen habe ich satt!

BARON. Sagen Sie uns nur, womit zündeten Sie das Feuer an?

TEUFEL *mit sichtbarem Vergnügen.* Ei, mit dem schönen Stuhle, der dort in der Ecke stand!

BARON. So? mit dem schönen Stuhle? – Liddy, was sagst du dazu?

LIDDY. Es war der beste Stuhl im ganzen Hause!

TEUFEL. War er das? O meine Ahnung!

Er freut sich.

BARON. Soll ich den Kerl ins Hundeloch stecken lassen?

WERNTHAL. Ich würde nichts dagegen haben!

LIDDY. Onkel, wo denken Sie hin? Der Mann fängt an, mich zu interessieren! Ich bitte, lassen Sie ihm ein Zimmer im Schlosse einräumen! Die Stühle, welche er zerbricht, will ich bezahlen!

BARON. O ihr Weiber! Wie ihr gleich in das Verrückte verschossen seid! *Zum Teufel.* Wenn Sie Lust finden, mein Herr, hier bei uns zu bleiben, so steht Ihnen ein hübsches Zimmer zu Diensten.

TEUFEL. Ich nehme Ihr gefälliges Anerbieten an und danke Ihnen aus vollem – *Für sich.* Was? danken? Das wäre ein Edelmut! *Laut.* Ich frage den Dreck darnach, ob Sie mir ein Logis anbieten oder nicht! Auch ist es höchst unvorsichtig, wo nicht albern, daß Sie einen Wildfremden ohne nähere Untersuchung bei sich aufnehmen! Übrigens, wo ist der Lumpenhund vom Bedienten, der mir das Zimmer anweist?

Er geht ab.

BARON. Da hast du einen Gast, Nichte, der sich gewaschen hat!

WERNTHAL. Sagen Sie vielmehr: gefeuert!

BARON. Und ich fürchte, Mädchen, daß du dich nicht eine Stunde mit ihm verträgst!

LIDDY. Sorgen Sie nicht!

BARON. Der treibt seine Frechheit gewiß bis zu den äußersten Grenzen!

LIDDY. So lasse ich ihn zum Schlosse hinauswerfen.

BARON. Ah, du weißt dir im Notfalle zu helfen! – Deinen Arm! wir wollen den Kaffee unten im Garten trinken.

LIDDY. Ich folge gleich nach!

Baron und Wernthal ab.

LIDDY *zum Schulmeister.* Hier! – ein kleines Trinkgeld für Ihren durstigen Gaumen. – Nun, nun! schämen Sie sich nicht! Ich kenne Ihre alte Leidenschaft. – Aber bringen Sie schnell der Marie den Louisd'or!

SCHULMEISTER. Auf der Stelle, Euer Gnaden!

LIDDY. Adieu.

Geht ab.

SCHULMEISTER. Ein himmlisches Mädchen! – – Und du, Gottliebchen, und du? Du bist verkannt worden, armer Junge! Doch tröste dich, so ging es allen großen Geistern! Auch Solon, Plato, Cartouche, Robespierre, Heinrich der Vierte und Caligula haben dies traurige Los erfahren! – Komm! ich will dich vier Tage einsperren und dir nichts zu essen geben; vielleicht, daß dich das noch nachdenklicher macht als du schon bist.

Gottliebchen schreit; der Schulmeister geht mit ihm ab.

Vierte Szene

Ein andres Zimmer im Schlosse.

DER TEUFEL *tritt auf.* Warte, Herr Baron! Hast mir ein Zimmer in deinem Schlosse gegeben, – werde mich zu rächen wissen! – Die Liddy will den Wernthal heiraten, – sie kommt dadurch unter die Haube. – Das verhindere ich oder ich wäre nicht der Teufel! – – Doch, ich begreife nicht, wie mir so kribbelig zu Mute ist! Ich fühle mich so verzagt, – so gerührt, – so wehmütig – Hol mich Gott, das Hufeisen an meinem Pferdefuße muß losgegangen sein! *Indem er die Tücher, womit er den Fuß umwickelt hat, losreißt und seinen Huf besieht.* Ach! ach! es ist nur zu wahr! der Beschlag ist fort! ist abgerieben! Kaum kann ich noch auf den Boden treten! Weh! weh! – Da ist leider kein andrer Rat, als daß ich mich überwinden und einen Schmied herkommen lassen muß! *Er wickelt die Tücher wieder um und ruft dann.* Heda, Aufwartung!

EIN BEDIENTE *tritt herein.* Was beliebt?

TEUFEL. Hör Er, lieber Freund! – wohnt hier im Dorfe ein Schmied?

DER BEDIENTE. Es wohnen hier zwei, Euer Gnaden.

TEUFEL. So geh mein Sohn, und ruf mir denjenigen von den beiden, welcher am wenigsten lacht.

DER BEDIENTE. Oho, so muß ich den dicken Konrad holen, denn der ist wieder erschrecklich triste geworden, seitdem man die alte Chaussee ausbessert.

Geht ab.

TEUFEL. Ich Unglückskind! Wie bringe ich es nun dem Schmiede auf eine gute Art bei, daß ich einen Pferdefuß habe? Ich Unglückskind! ich Unglückskind! – Ha, er kommt! Courage!

DER SCHMIED *tritt herein.* Euer Gnaden haben befohlen –

TEUFEL. Sind Sie der – der –

SCHMIED. Ich bin der Schmied des Dorfes. – Wo steht der Gaul, den ich beschlagen soll?

TEUFEL *hitzig.* Herr, ich bin kein – – *Sich aufs Maul schlagend.* O ich Dummkopf! – Nehmen Sie Platz, Herr Schmied, nehmen Sie Platz! – Haben Sie eine Frau?

SCHMIED. Freilich habe ich eine.

TEUFEL. Gewiß ein braves Weib!

SCHMIED *seufzend.* Nu, jeder hat seine schwachen Seiten!

TEUFEL *gleichfalls seufzend.* Ja wohl!!

SCHMIED *aufstehend.* Wenn Sie mir nun sagen wollten –

TEUFEL. Ha, Sie haben Eile, dringende Eile! Sind Familienvater! Tragen Stiefeln! Haben Füße! *Ihm an der Weste knöpfend.* Auch ich – auch ich habe keine Pferdefüße!

SCHMIED. Das glaube ich unbesehens, Euer Gnaden!

TEUFEL *mit großem Eifer.* Ja, das glauben Sie mir unbesehens und besehens, Herr Schmied! Ich habe keine Pferdefüße, – keine, – sondern höchstens – *Leise, indem er die Worte »edel, moralisch, Christ« u.s.w. mit ungeheurer Anstrengung und unter heftigem Niesen herausbringt.* Herr Schmied, Sie sind ein e – es – edler, – mo – ralisch gebildeter Mann, ein from – mer, fleißig in die Kir – Kirschen – in die Kirche gehender – Christ, – Ihnen kann ich es vertrauen, – *Indem er sein rechtes Bein hinter dem linken zu verstecken sucht* ich trage an dem rechten Beine einen Huf!

SCHMIED *mit forschbegierigen Blicken.* Wie? was? einen Huf? Ei!

TEUFEL. Nein, nein, nein! Nicht sowohl einen Huf, als wie einen Roßfuß – oder vielmehr einen pferdeähnlichen, – das heißt menschenähnlichen – kurz, eine etwas dicke Fußsohle, welche sich in der Ferne, bei einem stumpfen Gesichte, beinahe wie ein Pferdehuf ausnehmen möchte!

SCHMIED *vor Neugierde stammelnd.* Wenn – wenn Euer Gnaden mir die Fußsohle –

TEUFEL. Gleich, lieber Herr Schmied, gleich! – Aber riegeln Sie zuvor die Tür zu! – So! – *Er hat die Tücher von seinem Pferdefuße losgemacht, zeigt ihn dem Schmiede, und verbirgt sich sehr verschämt mit dem Schnupftuche das Gesicht.* Wenn Sie nun gütigst Ihr Eisen draufschlagen wollten!

SCHMIED *den Fuß in die Hand nehmend.* Hören Sie, Herr, das ist keine Fußsohle, sondern ein Pferdehuf, wie ihn kein andrer Gaul – – keine andre Seele, wollt ich sagen, – in der ganzen Christenheit aufzuweisen hat!

TEUFEL *stets das Gesicht hinter dem Tuche; lispelnd.* Beschlagen Sie, beschlagen Sie!

SCHMIED. Zum Glück habe ich ein Hufeisen von dem Umfange eines Kronleuchters in der Tasche. Das will ich Ihnen draufnageln, daß es eine Art hat! *Er beschlägt ihn.* Da! jetzt sitzt es fest!

TEUFEL *froh.* Sitzt es?

SCHMIED. Es macht einen Gulden.

TEUFEL *für sich.* Einen Gulden? Ich müßte ein Narr sein! *Laut.* Schindbalg, weißt du auch wen du beschlagen hast? Ich bin der

Satan, bin – *Der Schmied läuft davon; der Teufel ruft ihm nach.* – bin fünfmalhunderttausend Jahr alt und noch drüber, habe deinen Großvater geholt, hoffe dich auch noch zu holen, drehe dir den Hals um, sobald du ein Wort von mir verlautbarst, und ich sollte dich bezahlen, du Galgenstrick? *Zurückkommend.* Wie der arme Sünder ausriß, als er meinen rechten Namen hörte! – Aber das muß ich ihm lassen, er hat mich vortrefflich bedient! Das Hufeisen sitzt mir wie angewachsen! Mich durchzuckt ordentlich ein Vollgefühl von Kraft! *Er scharrt mehrmals mit dem Pferdefuße hinter aus.* Nun will ich noch, um mich völlig zu restaurieren, ein Stündchen zu schlafen suchen, und dann mit verdoppeltem Eifer die Heirat hintertreiben! *Er setzt sich in einen Lehnstuhl und zieht ein Buch aus der Tasche.* Es ist doch gut, daß ich mein altes, unfehlbares Schlafmittelchen, Klopstocks Messias, mitgebracht habe! Ich brauche nur drei Verse darin zu lesen, dann bin ich so müde wie der Daus! *Das Buch aufschlagend.* Wo blieb ich doch das letzte Mal stehen? Ah, pag. 29. *Er liest zwei Verse und schläft ein.*

Zweiter Akt

Erste Szene

Der Saal im Schlosse.

TEUFEL *tritt auf; er hat den Pferdefuß wieder zugewickelt.* Es schleicht hier ein riesenhafter Kerl herum, dessen lange Finger ununterbrochen auf den Galgen hinzudeuten scheinen, an welchem man ihn noch einmal aufhängen wird. Vielleicht paßt er in meinen Plan! – Still, da ist er! Ich will auf die Seite treten und hören was er sagt.

Der Freiherr Mordax tritt auf.

FREIHERR. Die Liddy ist ein prächtges Tier und behagt mir superbe! Sie hat, soviel ich von außen sehen kann, ein paar Zitzen, wie kein König! Ich will sie heiraten oder totstechen!

TEUFEL *hervortretend; für sich.* Ein schätzenswerter Mann! *Laut.* Graf Rindvieh, wenn ich nicht irre?

FREIHERR. Freiherr Mordax, wenn Sie keine Prügel haben wollen!

TEUFEL. Euer Gnaden sind in die junge Baronin verblüfft?

FREIHERR *stöhnend.* Über die Maßen!

TEUFEL. Ich verschaffe sie Ihnen.

FREIHERR. Wie?

TEUFEL. Aber auf Bedingungen!

FREIHERR. Bedingen Sie, was Ihnen beliebt.

TEUFEL. Erstlich müssen Sie Ihren ältesten Sohn Philosophie studieren lassen.

FREIHERR. Gut.

TEUFEL. Zweitens müssen Sie dreizehn Schneidergesellen ermorden.

FREIHERR. Hast du mich zum Narren, Schurke? Was sind das für wahnsinnige Forderungen? Dreizehn Schneidergesellen ermorden! Weswegen denn grade Schneidergesellen?

TEUFEL. Weil es die unschuldigsten sind.

FREIHERR. Ja so! – Doch dreizehn! Welche Menge! Nein, sieben will ich zur Not abkappen, aber auch keinen einzigen drüber!

TEUFEL *beleidigt.* Meinen Sie, ich ließe mit mir handeln, wie ein Jude? *Er will gehen.*

FREIHERR *hält ihn zurück.* Hören Sie, Herr, ich will neun – elf – ja zwölf umbringen; nur den dreizehnten erlassen Sie mir! Das wäre über die grade Zahl hinaus!

TEUFEL. Gut, damit bin ich zufrieden, wenn Sie nämlich dem dreizehnten doch wenigstens einige Rippen zerbrechen wollen.

FREIHERR. Nu, auf die paar lausigen Rippen soll es mir nicht ankommen! – Aber – aber –

TEUFEL. Noch ein Aber?

FREIHERR. Ja, sehen Sie! ich habe einen neuen Rock und eine neue weiße Weste an, und die würden bei dem Totschlagen gewiß sehr beschmutzt werden!

TEUFEL. Wenns weiter nichts ist! Sie können ja eine Serviette vormachen.

FREIHERR. Hol mich der Geier, das ist wahr! Ich will 'ne Serviette vormachen!

TEUFEL. Und morgen erwarte ich Sie bei dem Waldhäuschen zu Lopsbrunn; da machen Sie sich die Serviette wieder ab und nehmen die Baronin in die Arme.

FREIHERR. Hohoho! Dazu werde ich freilich keiner Serviette bedürfen!

Er geht ab.

TEUFEL. Das gelang, sagt Octavio Piccolomini! – Nach meinen physiognomischen Kenntnissen zu urteilen, wird es bei dem Herrn von Wernthal nicht viel schwerer halten, denn der sieht akkurat so aus wie der fromme Äneas, als ich denselben gestern mittag vor dreitausend Jahren von der Dido weglaufen sah.

WERNTHAL *tritt auf im Selbstgespräch.* Bald ist also Hochzeit! – Meine Braut ist witzig, schön und edel. – Aber ich habe 12000 Rtlr. Schulden, und sie ist zu klug, um mir ein so großes Kapital ohne weiteres in die Hände zu geben, – ich wollte, sie säße auf dem Blocksberge und ich hätte ihren Geldbeutel auf meinem Buckel!

TEUFEL *hervortretend; für sich.* Auch ein schätzenswerter Mann! *Laut.* Ihr Diener, Herr von Wernthal! Wie gehts?

WERNTHAL. Schlecht, Herr Generalsuperintendent.

TEUFEL. Was soll ich Ihnen für Ihre Braut bezahlen?

WERNTHAL *erzürnt.* Herr, Sie –!

TEUFEL. Ich bin ein leidenschaftlicher Sammler von unehlichen Maikäfern, fetten Gastwirten und jungen Bräuten, und würde mit dem Preise eben nicht knickerig sein.

WERNTHAL. So so!! Ein Sammler! Nicht knickerig sein! – Was bieten Sie mir denn für Liddy? Sie ist ausgezeichnet schön!

TEUFEL. Für ihre Schönheit gebe ich 2000 Rtlr. in Konventionsmünze.

WERNTHAL. Sie hat Verstand!

TEUFEL. Dafür ziehe ich 5 Gr. 2 Pf. ab, denn der ist bei einem Mädchen ein Fehler.

WERNTHAL. Sie hat eine feine, weiche Hand.

TEUFEL. Das macht sanfte Ohrfeigen; dafür bezahle ich Ihnen 7000 Rtlr. in Gold.

WERNTHAL. Sie ist noch unschuldig!

TEUFEL *zieht ein saures Gesicht.* Ach, Unschuld hin, Unschuld her; dafür gebe ich Ihnen nicht mehr als 3 Gr. 1 Pf. in Kupfer!

WERNTHAL. Herr, wissen Sie auch, daß das Pfund Hammelfleisch über 4 Gr. Kurant kostet?

TEUFEL. Pah, seit der verschlechterten Straßenbeleuchtung und der Einführung der neuen Grenzakzise ist das Hammelfleisch sehr teuer und die Unschuld außerordentlich wohlfeil geworden. In Berlin zum Exempel erhält man in der Abenddämmerung die Portion Unschuld für zwei, drei, oder wenn es hoch kommt, für vier falsche Silbergroschen, den Rabatt noch ungerechnet.

WERNTHAL. Aber Liddy hat zugleich Gefühl, Einbildungskraft –

TEUFEL. Gefühl schadet dem Teint, Einbildungskraft macht blaue Ringe um die Augen und verdirbt die Suppe. Für den ganzen Rummel gebe ich aus Ironie einen Dreier.

WERNTHAL. Sie haben einen ziemlich ekeln Geschmack!

TEUFEL. Kurz und gut, ich bezahle Ihnen dafür, daß Sie von den etwaigen sittlichen, meiner Gesundheit nicht zuträglichen Eigenschaften der Baronin endlich einmal still schweigen, noch 11000 Rtlr. in holländischen Randdukaten, und frage Sie nun, ob Ihnen meine Anerbietungen annehmbar scheinen?

WERNTHAL. Was macht demnach alles in allem?

TEUFEL *an den Fingern abzählend.*
Für die Schönheit 2000 Rtlr. in Konventionsmünze,
für die Unschuld 3 Gr. 1 Pf. in Kupfer,
für die weiche Hand 7000 Rtlr. in Gold,
für das Gefühl und die Einbildungskraft 1 Dreier aus Ironie,
weil von den sittlichen Eigenschaften still geschwiegen wird,
11000 Rtlr. in holländischen Randdukaten, – macht zusammen 20000 Rtlr. 3 Gr. 4 Pf. Davon ziehe ich jedoch 5 Gr. 2 Pf. für den Verstand ab, – bleibt also Rest: 19999 Rtlr. 22 Gr. 2 Pf.

WERNTHAL. Topp, Herr Bräute- und Maikäfer- Sammler! Wann erhalte ich das Geld?

TEUFEL. Gleich! – Versprechen Sie mir indes zuvor, die Liddy morgen in das Waldhäuschen von Lopsbrunn zu locken, die

Begleitung von Bedienten zu verhindern, und denjenigen, welche dort das Fräulein wegrauben werden, nicht weiter nachzuspüren.

WERNTHAL. Ich verpflichte mich dazu, mit Ausnahme der Bedingung, daß ich die Baronin nach Lopsbrunn locken soll, weil man das von mir verdächtig finden würde. Ich rate Ihnen, den Ästheticus Rattengift zu bewegen, der Liddy eine Spazierfahrt dahin vorzuschlagen; er liest viel in den Schriften der neuromantischen Schule und ist in die Waldhäuschen wie vernarrt!

TEUFEL. Ich will es mit ihm versuchen; – aber für diese Beschränkung müssen Sie sich gefallen lassen, daß ich Ihnen die Hälfte der schuldigen Summe in österreichischem Papiergelde entrichte.

WERNTHAL. Ei, Herr, Sie sind verdammt filzig!

TEUFEL *fühlt sich geschmeichelt und schmunzelt.* O ich bitte – Sie machen mich erröten! Ich bin zwar gerne verdammt, bin zwar gerne filzig, rasend gerne filzig, bin aber noch lange nicht filzig genug! *Geht mit Wernthal ab.*

Zweite Szene

Rattengifts Zimmer.

RATTENGIFT *sitzt an einem Tische und will dichten.* Ach, die Gedanken! Reime sind da, aber die Gedanken, die Gedanken! Da sitze ich, trinke Kaffee, kaue Federn, schreibe hin, streiche aus, und kann keinen Gedanken finden, keinen Gedanken! – Ha, wie ergreife ichs nun? – Halt, halt! was geht mir da für eine Idee auf? – Herrlich! göttlich! eben über den Gedanken, daß ich keinen Gedanken finden kann, will ich ein Sonett machen, und wahrhaftig dieser Gedanke über die Gedankenlosigkeit, ist der genialste Gedanke, der mir nur einfallen konnte! Ich mache gleichsam eben darüber, daß ich nicht zu dichten vermag, ein Gedicht! Wie pikant! wie originell! *Er läuft schnell vor den Spiegel.* Auf Ehre, ich sehe doch recht genial aus! *Er setzt sich an einen Tisch.* Nun will ich anfangen!

Er schreibt.

Sonett.

Ich saß an meinem Tisch und kaute Federn,
So wie – –

Ja, was in aller Welt sitzt nun so, daß es aussieht wie ich, wenn ich Federn kaue? Wo bekomme ich hier ein schickliches Bild her? Ich will ans Fenster springen und sehen, ob ich draußen nichts Ähnliches erblicke! *Er macht das Fenster auf und sieht ins Freie.* Dort sitzt ein Junge und kackt – Ne, so sieht es nicht aus! – Aber drüben auf der Steinbank sitzt ein zahnloser Bettler und beißt auf ein Stück hartes Brot – Nein, das wäre zu trivial, zu gewöhnlich! *Er macht das Fenster wieder zu und geht in der Stube umher.* Hm, hm! fällt mir denn nichts ein? Ich will doch einmal alles aufzählen, was kauet. Eine Katze kauet, ein Iltis kauet, ein Löwe – Halt! ein Löwe! – Was kauet ein Löwe? Er kauet entweder ein Schaf, oder einen Ochsen, oder eine Ziege, oder ein Pferd – Halt! ein Pferd! – Was dem Pferde die Mähne ist, das ist einer Feder die Fahne, also sehen sich beide ziemlich ähnlich – *Jauchzend.* Triumph, da ist ja das Bild! Kühn, neu, calderonisch!

Ich saß an meinem Tisch und kaute Federn,
So wie

Indem er hinzuschreibt.

der Löwe, eh der Morgen grauet,
Am Pferde, seiner schnellen Feder kauet –

Er liest diese zwei Zeilen noch einmal laut über und schnalzt mit der Zunge, als ob sie ihm gut schmeckten.

Nein, nein! So eine Metapher gibt es noch gar nicht! Ich erschrecke vor meiner eignen poetischen Kraft! *Behaglich eine Tasse Kaffee schlürfend.* Das Pferd eine Löwenfeder! Und nun das Beiwort »schnell«! Wie treffend! Welche Feder möchte auch wohl schneller sein als das Pferd? – Auch die Worte »eh der Morgen grauet!« wie echt homerisch! Sie passen zwar durchaus nicht hieher, aber sie machen das Bild selbstständig, machen es zu einem Epos im kleinen! – O, ich muß noch einmal vor den Spiegel laufen! *Sich darin betrachtend.* Bei Gott, ein höchst geniales Gesicht! Zwar ist die Nase etwas kolossal, doch das gehört dazu! Ex ungue leonem, an der Nase das Genie!

TEUFEL *tritt ein.* Bon jour, Herr Rattengift!

RATTENGIFT *dreht sich um und indem er den Teufel begrüßen will, erblickt er dessen Pferdefuß, von dem die Tücher heruntergefallen sind.* Allmächtiger, der Teufel! *Er sucht bei dem Teufel vorbeizufliehen und die Türe zu gewinnen.*

TEUFEL *sieht seinen bloßen Pferdefuß und stampft wütend damit auf die Erde.* Abscheuliche Unvorsichtigkeit! *Zu Rattengift.* Entsetzen Sie sich nicht! Ich habe Ihre Gedichte gelesen!

RATTENGIFT *auf einmal geschmeidig.* Haben Sie? haben Sie?

TEUFEL. Ja, und sie haben mir ausnehmend gefallen.

RATTENGIFT *ganz zutraulich.* O, Sie erteilen mir ein Lob, welches ich kaum – Sie dichten selbst?

TEUFEL. Ich –

RATTENGIFT *läßt ihn gar nicht zu Worte kommen.* Sie müssen dichten! Versuchen Sie! Sie werden herrliche Gedichte machen!

TEUFEL *beiseit.* Weil ich die seinigen gelobt habe.

RATTENGIFT. Nur bitte ich Sie, einen andren Namen als den Ihrigen, unter Ihre Poesien zu schreiben. Nicht etwa, wie es jetzt Mode ist, deswegen, weil Sie sich Ihrer Gedichte schämen müssen, sondern um das Charakteristische Ihres Namens zu verbergen. Wie sich z.B. jemand, dem es sehr winklig und düster im Kopfe ist, hell nennen könnte, so können Sie sich ja Engel, Himmel oder Tugend titulieren.

TEUFEL. Sie geben mir einen befolgenswerten Rat, Herr Rattengift! – Übrigens habe ich schon mehrere Werke ans Licht gestellt, wie erst kürzlich die Französische Revolution, ein Trauerspiel in vierzehn Jahren, mit einem Prologe von Ludwig XV. Das Stück ist aber außerordentlich schlecht aufgenommen worden, besonders wegen des Fehlers, daß es die Kritiker guillotinierte. Auch kann ich es, ohngeachtet mancher Freunde, die im Stillen daran arbeiten, weder in Preußen, Österreich, noch England zum zweiten Male auf die Bühne bringen. Die Zensur ist zu strenge. Jedoch habe ich Hoffnung, daß man es in Spanien mit einigen unbedeutenden Varianten wieder aufführen wird. – Jetzt beschäftige ich mich mit einem Possenspiele, welches unter dem Titel: der griechische Freiheitskampf vom Verfasser der Französischen Revolution, im Verlage des türkischen Kaisers erscheint.

RATTENGIFT. Ihre Werke, die ich, wie ich nun sehe, schon seit langem kenne, ohne zu wissen, daß sie von Ihnen sind, haben unleugbar etwas Gigantisches, Herr Teufel! Aber der Unwahrscheinlichkeiten, der Freiheiten, die Sie sich mit Zeit und Ort herausnehmen, sind doch allzuviele! Und nun gar die Verse, die Verse! Auch möchten die Ansichten von der Welt, welche sich darin zeigen –

TEUFEL. Wissen Sie auch, was die Welt ist?

RATTENGIFT. Welche Frage? Die Welt ist der Inbegriff alles Existierenden, vom kleinsten Würmchen bis zu dem ungeheuersten Sonnensystem.

TEUFEL. So will ich Ihnen denn sagen, daß dieser Inbegriff des Alls, den Sie mit dem Namen Welt beehren, weiter nichts ist, als ein mittelmäßiges Lustspiel, welches ein unbärtiger, gelbschnabeliger Engel, der in der ordentlichen, dem Menschen unbegreiflichen Welt lebt, und wenn ich nicht irre, noch in Prima sitzt, während seiner Schulferien zusammengeschmiert hat. Das Exemplar, in dem wir uns befinden, steht, glaube ich, in der Leihbibliothek zu X, und eben jetzt wird es von einer hübschen Dame gelesen, welche den Verfasser kennt und ihm heute abend, d.h. über sechs Trillionen Jahre, beim Teetische ihr Urteil darüber mitteilen will.

RATTENGIFT. Herr, ich werde verrückt! – Ist die Welt ein Lustspiel, was ist denn die Hölle, die doch ebenfalls in der Welt ist?

TEUFEL. Die Hölle ist die ironische Partie des Stücks und ist dem Primaner, wie das so zu gehen pflegt, besser geraten als der Himmel, welches der bloß heitere Teil desselben sein soll.

RATTENGIFT. Und wirklich wäre die Hölle weiter nichts? Wie – wie werden denn die Verbrecher bestraft?

TEUFEL. Einen Mörder lachen wir so lange aus, bis er selber mitlacht, daß er sich die Mühe nahm, einen Menschen umzubringen. Die härtste Strafe eines Verdammten aber besteht darin, daß er die Abendzeitung und den Freimütigen lesen muß und sie nicht anspucken darf.

RATTENGIFT. Gott im Himmel, Herr Teufel, ich merke, daß man in der Hölle nicht nur meine Gedichte, sondern die ganze deutsche Literatur kennt! Wie erklärt sich das?

TEUFEL. Ganz natürlich! In die Hölle kommt nicht allein das Böse, sondern auch das Jämmerliche, Triviale: so sitzt der gute Cicero ebensowohl darin, als wie der schlechte Catilina. Da nun heutzutage die neuere deutsche Literatur das Jämmerlichste unter dem Jämmerlichen ist, so beschäftigen wir uns vorzugsweise mit dieser.

RATTENGIFT. Ei, wenn die deutsche Literatur in der Hölle das Hauptgeschäft ist, – was mag es denn darin für kuriöse Nebenbeschäftigungen geben?!

TEUFEL. Nu, in den Nebenstunden machen wir gewöhnlich aus den Geistern, weil sie unsichtbar und deshalb auch durchsichtig sind, Fensterscheiben oder Brillengläser. So hatte neulich meine Großmutter, als sie die sonderbare Grille bekam, das Wesen der Tugend einzusehen, sich die beiden Philosophen Kant und Aristoteles auf die Nase gesetzt; da es ihr aber dadurch nur immer dunkler vor den Augen wurde, so machte sie sich statt dessen eine Lorgnette aus zwei pommerschen Bauern, und konnte nun so deutlich sehen, als sie nur wollte.

RATTENGIFT *die Hände über dem Kopfe zusammenschlagend.* Merkwürdig! merkwürdig! – Sagen Sie mir, wissen Sie auch im Himmel Bescheid?

TEUFEL. Warum nicht? Erst jüngst habe ich den Samiel aus dem Freischützen, der in die Hölle kam und durchaus ein Vetter von mir sein wollte, wegen seines Edelmuts, den er an dem Jägerburschen Max bewiesen, mit Gewalt dahin zurückgeführt. Er sträubte sich zwar entsetzlich, aber endlich, als ich ihm einen eisernen Ring durch die Nase zog, sagte er mit hohler Stimme: »das findet sich!« und folgte mir zur Pforte des Himmels nach, wo ihn denn auch Sokrates mit offenen Armen empfing und gleich zum Balbier führte, damit er sich den Bart abscheren ließe und etwas kultivierter aussähe.

RATTENGIFT. O, da Sie also im Himmel Bescheid wissen, so beschwöre ich Sie, erzählen Sie mir, was beginnen jene unsterblichen Heroen der Tugend, die ich zu den Leitsternen meines Lebens und meiner Dichtungen erwählt habe? Vor allem, was macht das erhabene Muster der Freundschaft, der göttliche Marquis Posa?

TEUFEL. Sie meinen den, welcher im Don Carlos auftritt?

RATTENGIFT. Denselben, den Malteser!

TEUFEL. Da irren Sie sich, wenn Sie glauben, daß der im Himmel wäre; der sitzt bei mir in der Hölle.

RATTENGIFT. Wie?

TEUFEL. Ja ja, ebensosehr als sich Samiel verwunderte, daß er in den Himmel mußte, verwunderte sich Marquis Posa, daß er urplötzlich in der Hölle stand. Aber wir nahmen ihm sein gewaltig schallendes Sprachrohr ab, und gaben ihm die Bestimmung, zu welcher er die meisten Talente besaß. Er ist Kuppler geworden, und hat einen Bierschank angelegt, mit dem Schilde: zur Königin Elisabeth.

RATTENGIFT. Unmöglich! unmöglich! Posa ein Bierschenk! Ich kann es mir nicht ausdenken!

TEUFEL. Beruhigen Sie sich! Sein jetziges Amt scheint ihm zu behagen; er wird dick und fett, und hat schon einen Hängebauch!

RATTENGIFT. Einen Hängebauch!! – – Aber das andere hohe Vorbild der Selbstaufopferung, der edle, herrliche Maler Spinarosa, der sitzt doch wohl in den ersten Reihen der Verklärten, dicht neben Curtius und Regulus?

TEUFEL. Ne, Sie verrechnen sich abermals! Spinarosa ist in Posas Bierhause als Marqueur angestellt; da übt er sich in der Selbstaufopferung, welche er auf Erden gern spielen wollte und doch nicht recht loskriegen konnte; allein jetzt, wenn er den Gästen einen Krug Merseburger bringen muß, sieht man es seinem halboffnen Maule nur zu deutlich an, daß ihm die Aufopferung dieses Kruges weit mehr Überwindung kostet, als die Aufopferung der ledernen Camilla. Neulich versuchte er sogar verstohlen hineinzunippen, aber da gab ihm Posa einen Zirkumflex hinter die Ohren, daß er sich vierzehn Tage daran erinnerte.

RATTENGIFT. Gott! wie kann der Mensch sich irren! Spinarosa erhält von Posa eine Ohrfeige! Ich vergehe! – – Und Camilla nennen Sie ledern! Nein, das ist nicht Ihr Ernst, Herr Teufel! O ich bitte Sie, wie befindet sich dieses ideale Geschöpf der Liebe, welches selbst noch in den spätern, sogenannten besten Jahren, nachdem es schon einen Sohn hat, der über den sechzehnten Geburtstag hinaus ist, dennoch des Geliebten nimmer vergißt und süße Seufzer der Brust entsendet, als wenn es erst achtzehn alt wäre? O die Hehre durchschwärmt gewiß mit Thekla und Julia in Gesellschaft die Gefilde des ewigen Friedens!

TEUFEL. Ja, sie war im Himmel angelangt und hatte sich an die beiden Mädchen angeschlossen. Da aber Thekla einmal in Gedanken »Mutter« zu ihr sagte, so ärgerte sie sich darüber so grimmig, daß sie zu uns in die Hölle kam. Hier stand sie drei Wochen ganz einsam und setzte ihre im Himmel angefangenen Betrachtungen, ob sie eigentlich sehen könne oder nicht, ununterbrochen fort. Endlich ging per Zufall Falstaff vorbei; er hatte wieder starken Durst nach Sekt und andren Süßigkeiten, und ich weiß nicht, wie es geschah, er hält die Camilla für ein Glas Sirup, nimmt sie in die Hand und säuft sie rein aus. Nachher klagte er mir, daß der Sirup sehr schlecht gewesen sein müsse, weil er gräßliches Leibschneiden darauf gekriegt hätte.

RATTENGIFT. Ich verzage und verliere beinahe die Courage weiter zu fragen – Wie geht es denn meinen tragischen Lieblingshelden, Schillers Wallenstein und Müllners Hugo?

TEUFEL. Sie sind alle beide in der Hölle. Hugo meinte zwar, als er starb, daß sich der Himmel ihm auftäte, aber er hatte sich, wie das bei einem Sterbenden leicht möglich ist, versehen. Freilich nahm sein Bruder dem Cherub das rächende Schwert ab, aber nicht deswegen, um es wegzuwerfen, sondern um in eigner Person seinen Mörder damit zu köpfen, und wenn er dabei winkte und lächelte, so machte er es, wie man es mit einem jungen, ungehorsamen Hunde macht, den man winkend und lächelnd zu sich lockt, um ihn nachher desto tüchtiger durchzuprügeln. – Was Wallenstein betrifft, so fanden wir, nachdem wir ihn gehörig examiniert hatten, daß er sich vortrefflich zum Rektor qualifiziere; wir haben ihn auch sofort auf unserm höllischen Gymnasio zu Z. angestellt, und würden mit ihm im höchsten Grade zufrieden sein, hätte er nicht den Fehler, daß er jedesmal, wenn er den Stock aufhebt, um einen nichtsnutzigen Buben zu züchtigen, so lange ausruft: »hier ist nicht Raum zu schlagen«, »wohlan, es sei«, »ich wills lieber doch nicht tun« u.s.w., bis daß ihm der Bube von hinten einen großen papiernen Zopf angesteckt hat.

RATTENGIFT. Der Teufel mag – *Sich korrigierend, mit einer Verbeugung.* Der Herr Teufel mögen mich holen, wenn mir nicht vor Staunen und Verwunderung der Atem stehenbleibt! Doch, reden Sie fort! Was machen die Dichter selber? Schiller, Shakspeare, Calderon, Dante, Ariost, Horaz, was tun, was treiben sie?

TEUFEL. Shakspeare schreibt Erläuterungen zu Franz Horn, Dante hat den Ernst Schulze zum Fenster hinausgeschmissen, Horaz hat die Maria Stuart geheiratet, Schiller seufzt über den Freiherrn von Auffenberg, Ariost hat sich einen neuen Regenschirm gekauft, Calderon liest Ihre Gedichte, läßt Sie herzlich grüßen und rät Ihnen in Gesellschaft der Liddy morgen die Waldhütte zu Lopsbrunn zu besuchen, weil dieses Häuschen in einer wahrhaft romantischen Gegend läge!

RATTENGIFT. Ich Glücklicher! ich Überglücklicher! ich will auf den Dachgiebel klettern! Calderon liest meine Gedichte! Calderon läßt mich grüßen! Ich esse vor Freuden ein Talglicht! Grüßen Sie den Herrn de la Barca doch tausendmal wieder, – ich wäre sein rasendster Verehrer, – ich wollte mit der Liddy das Waldhäuschen besuchen, und wenn ich ihr die Beine abschlagen sollte, – ich –

TEUFEL. Genug! Ich habe nicht länger Zeit! – Wenn Sie meiner einstmals bedürfen sollten, so wissen Sie, daß ich in der Hölle wohne. Hier von dem Dorfe ist dieselbe etwas weit weg; wenn Sie aber extra schnell dahin gelangen wollen, so müssen Sie nach Berlin reisen und dort hinter die Königsmauer, oder nach Dresden und dort in die Fischer-, oder nach Leipzig und dort in die Preußer-Gasse, oder nach Paris und dort ins Palais Royal gehen; von allen diesen Orten ist der Tartarus nur fünf Minuten entlegen, und Sie werden noch dazu auf ausgezeichnet guten, vielfältig ausgebesserten Chausseen dahin reiten können. – Doch, es wird bald Abend! Schlafen Sie mittelmäßig!

Er will sich entfernen.

RATTENGIFT *ihn aufhaltend.* Apropos! ein einziges Wort! Darf ich nicht das Geheimnis erfahren, weswegen Sie jetzt auf die Erde gekommen sind?

TEUFEL. Weil in der Hölle gescheuert wird.

RATTENGIFT. Ich danke Ihnen für Ihre gütige Antwort! Schlafen Sie recht wohl!

TEUFEL. Schlafen Sie mittelmäßig! *Geht ab.*

Dritte Szene

Eine Anhöhe vor dem Dorfe.

MOLLFELS *tritt auf.* Sieh, da liegt es, das väterliche Dorf! Horch! auf seinem grauen Kirchturme klingt die Vesperglocke! Wie anmutig sie mir nach dreijähriger Abwesenheit entgegentönt! – Auch das altertümliche Schloß ist unverändert geblieben; stolz und stattlich erhebt es sich dort aus der Mitte seines sommerlich blühenden Gartens, und in seinen mächtigen Fenstern spielt purpurn der erste Schimmer des Abendrots! – – O Liddy, Liddy, wie ich dich liebe! *Ärgerlich.* Wäre ich nur nicht so verflucht häßlich!

DER SCHULMEISTER *tritt auf, ohne Mollfels zu bemerken.* Hier will ich stehen bleiben, auf die Fluren meines Schulbezirks niederschauen und meinen patriotischen Phantasien nachhängen. Wie könnte doch alles verbessert werden! Wenn die Bauern so lange in die Schule gehen müßten bis daß sie etwas gelernt hätten, so müßten sie selbst am Weltende noch sechs volle Wochen bei Wasser und Brot nachsitzen! Ferner, was für eine Nutzanwendung wäre nicht mit dem großen Eichwalde da drüben vorzunehmen! Wann werden die glücklichen Zeiten der Aufklärung erscheinen, wo man ihn in lauter Schulbänke zerschneidet, diese Schulbänke systematisch geordnet auf den Gefilden umhersetzt, lernbegierige Knäblein und Junggesellen hinzutreibt, und mich zum Direktor des Ganzen kreiert? O, dann würde ich vermittelst eines Luftballons die Abendsonne zu meinem leuchtenden Katheder machen, – den Kirchturm würde ich als Feder gebrauchen, – jener See wäre mein Tintenfaß, – und dort das Gebirge wäre ein Stück Speck, welches mir die Eltern und Gönner aus Dankbarkeit verehrten! *Er versinkt in tiefes Nachdenken.*

MOLLFELS *tritt vor und klopft ihm auf die Schulter.* Sie sind da in echt pädagogische Reverien geraten, Herr Schulmeister!

SCHULMEISTER *emporblickend.* Herr Mollfels?! – Ich bin entzückt vor freudiger Überraschung! – – Wie hats Ihnen in Italien, dem Lande, wo die Steine sprechen, gefallen? Gewahrt man an der Venus von Medicis noch immer keine Altersschwäche? Der Papst hatte doch nicht mit dem Stiefel in den Dreck getreten, als Sie ihm den Fuß küßten? Ist –

MOLLFELS. Ich will es Ihnen bei gelegenerer Muße erzählen. Sagen Sie nur, ob hier zu Hause alles beim alten geblieben?

SCHULMEISTER. Es hat sich in Ihrer Abwesenheit nichts Bedeutendes ereignet. Gestern ist die Spritze in Stand gesetzt worden, um das vorgestrige Feuer zu verhüten, und der reiche Barthel, der die Kathrine geheiratet hat, in welche er so sehnsüchtig verliebt war, hat sich jetzt nach der Analogie seiner Hosen ein Hemde von Hirschleder machen lassen, weil ihm die Faustschläge seiner Frau zu weh tun. Was meine Wenigkeit betrifft, so ist mir wie dem Vater Homer gegangen, – ich habe seit zwei Jahren keinen Schweinebraten geschmeckt!

MOLLFELS. Ei, woher schließen Sie denn, daß der alte Homer keinen Schweinebraten geschmeckt hat?

SCHULMEISTER. Weil er ihn so delikat beschreibt, Herr Mollfels!

MOLLFELS. Sie beschreiben demnach den Branntewein wohl herzlich schlecht?

SCHULMEISTER. Nein, den Branntewein nicht, aber die Tugend!

MOLLFELS. Es gibt doch keine Regel ohne Ausnahme! – – Aber antworten Sie mir: wie steht es auf dem Schlosse selbst? Ist Fräulein Liddy noch heiter?

SCHULMEISTER. Auf dem Schlosse ist ein Schornsteinfeger angekommen, der ein Generalsuperintendent sein will, und schon vierzehn Tage vor seiner Geburt auf den Verlust seiner Unschuld pränumeriert zu haben scheint. – Die Heiterkeit der Baronin und die bittre Laune ihres Onkels sind in statu quo.

MOLLFELS. Da! für die gute Nachricht zwanzig Kodons! Ich kaufte sie von einem Juden, den ich nicht anders loswerden konnte, und kann sie nicht weiter gebrauchen!

Geht ab.

SCHULMEISTER. Kodons? Was sind das für Dinger? Was soll ich hagres Schulmeistergesicht damit machen? – Aber stille! ich will sie der Frau Gerichtshalterin als Gegenpräsent für den Topf

Erbsen übersenden; sie versteht sich auf alles und wird daher auch so'nen Kodon gehörig zu placieren wissen.

TOBIES *kommt.* Guten Abend, Herr Schulmeister.

SCHULMEISTER. Guten Abend, lieber Tobies. *Beiseit.* Alle Teufel, wie schaffe ich mir den Kerl vom Halse?

TOBIES. Nun, was macht mein Gottliebchen? Sind Sie mit ihm auf dem Schlosse gewesen?

SCHULMEISTER. Haben Sie auch gehört, Herr Tobies, daß vor einer Stunde im Wirtshause ein Zahnarzt angekommen ist, der die Zähne umsonst auszieht?

TOBIES. Meinetwegen! Sehen Sie, ich habe ein paar Reihen Zähne, die so gesund sind, daß ich meine Heugabel daran scharf wetzen könnte.

SCHULMEISTER. Was tut das? Sie haben das Ausziehen *umsonst*! So was muß man mitnehmen!

TOBIES. Ja, das ist auch wahr! Man muß ein Profitchen nicht verschmähen! Ich will hingehn und mir alle meine Backenzähne ausreißen lassen!

Er geht ab.

SCHULMEISTER. O heilige Naivetät! süße Unschuld! Du hast den Luxus der Städte verlassen und bist in die Hütte des Landmanns geflohen! Tobies läßt sich die Zähne ausziehen, weil er es umsonst hat! O! O! O! *Ab.*

Vierte Szene

Zimmer im Schlosse.
Liddy und der Baron treten ein.

BARON. Laß dich warnen, Mädchen! Ich traue dem Herrn von Wernthal nicht!

LIDDY. Er hat seine Fehler; daß er aber auch Männerwert besitzt, hat er neulich im Duelle mit dem Grafen von Naubeck dargetan.

BARON. Im Duelle? – Oho, gestern duellierten sich zwei junge Herren darum, weil der eine auf Ehre versicherte, schon mehrmals am Schandpfahle gestanden zu haben, und der andere es ihm nicht glauben wollte. – – Gute Nacht! Ich habe genug gesprochen!

Geht ab.

LIDDY. Wahrlich, die Warnungen des Onkels beginnen Wirkung auf mich zu äußern! Wernthal ist nicht der, für den ich ihn bei unsrer ersten Bekanntschaft hielt! – – Sonderbar, daß mir unwillkürlich ein gewisser Mollfels einfällt, – er hatte das häßlichste Gesicht, welches sich denken läßt, war aber der geistreichste und vortrefflichste Mann, den ich gekannt habe.

EIN BEDIENTE *kommt.* Ein Herr Mollfels wartet im Vorsaal.

LIDDY *erstaunt.* Wer? – Mollfels? – Wie sieht er aus?

DER BEDIENTE. Wir haben eben sieben alte Weiber aus dem Schloßteiche gezogen, welche beim Anblicke seines Gesichts vor Schrecken ins Wasser gesprungen waren.

LIDDY *für sich.* Kein Zweifel, er ist es! *Laut.* Führ ihn zu mir! *Der Bediente ab.* Es wird mir Mühe kosten, daß ich meine Verwunderung verberge.

MOLLFELS *tritt herein.* Ha, da erblicke ich sie wieder! *Laut.* Fräulein, ich komme aus Italien zurück und eile Sie zu begrüßen.

LIDDY. Willkommen in der Heimat, Herr Mollfels, willkommen! – Sind Ihre Erwartungen befriedigt worden? Wie fanden Sie Rom?

MOLLFELS. Graue Ruinen blicken aus grünen Gebüschen, laute Tritte tönen durch einsame Straßen, und wer auf den Trümmern des Kapitols, im Angesichte der ausgestorbenen Siebenhügelstadt die letzten Donner eines vorübergezogenen Gewitters am fernen Horizonte verhallen hört, fühlt sich freilich ganz anders ergriffen, als wenn er einen Kirchturm in Berlin zu seinem Standpunkt hätte.

LIDDY. Mich dünkt, in Rom müßte der Tod nicht sehr schmerzen.

MOLLFELS. Gewiß nicht! Dort schämt man sich ja beinahe, daß man lebt.

LIDDY. Haben Sie in Florenz meinen Bruder gesprochen?

MOLLFELS. Hier sind zwei Briefe von ihm und seiner Gemahlin.

LIDDY. O geschwind!

Sie bricht die Briefe auf.

MOLLFELS *betrachtet sie während des Lesens.* Welch reizendes Weib! Man hört die Musik ihrer Bewegungen! Wie zwei geistige Naphthafeuer glänzen die unauslöschlichen Flammen ihrer Augen, und wie ein See über seiner Quelle, wogt ihr Busen über ihrem Herzen! Selig der Erkorene, welcher an einer solchen Stätte sein ermüdetes Haupt ausruhen kann! *Auf und ab gehend.* Nein, ich will verdammt sein, wenn ich diesen Zustand länger ertrage! Ich muß erfahren, ob ich jemals hoffen darf oder ob ich mich an jenem Eichbaume aufhängen soll! Trotz meiner Häßlichkeit erkläre ich ihr jetzt meine Liebe, es mag biegen oder brechen! *Er tritt vor Liddy hin.* Fräulein, entsetzen Sie sich nicht über meinen Antrag, denn ich selber weiß recht gut, daß meine Taille die Pferde scheu zu machen pflegt, weil sie wie ein heruntergelassener Schlagbaum aussieht, – daß meine Stiefeln, ohngeachtet meine Waden darin stecken, so leer sind wie ein paar ausgehöhlte Bäume, – daß meine Ohren –

LIDDY. Um Gotteswillen, Herr Mollfels, fangen Sie an zu phantasieren?

MOLLFELS. Und meine Nase! Hohoho, meine Nase! Die Menschheit schaudert davor zusammen! Unförmlich wie ein Tigergekrös, rot wie ein Fuchs, platt wie eine Erzählung von der Karoline Pichler, und so kurz wie eine Sekunde!

LIDDY. Wie eine Sekunde! – Wie lang ist Ihr rechter Arm?

MOLLFELS. Ein Schaltjahr! Mitten im Gradestehen kann ich mit ihm meine Schuhe aufknöpfen! Wenn ich jedoch Gradestehn sage, so ist das natürlich nicht im Sinne eines preußischen Gardisten zu nehmen, sondern weit eher möchte es in die Gedanken und Träume eines Leipziger Stadtsoldaten hineinpassen! Der Henker weiß es, wo mein Rücken seine unendliche Bescheidenheit gelernt hat, er macht mich zu einem stereotypen Komplimente, zu einem unermüdlichen Betrachter meiner eignen Beine, welche sich wiederum vielleicht nicht übel mit zwei fettgewordenen türkischen Säbeln vergleichen ließen!

LIDDY. Bleiben Sie mir mit den fettgewordenen Säbeln aus dem Spiele, und erlösen Sie mich endlich aus meinem Starren und Staunen! Wozu soll Ihre begeisterte Selbstschilderung denn eigentlich führen?

MOLLFELS. Dazu, daß ich vor Sie hinstürze, daß ich Sie anbete, daß ich Sie liebe!

LIDDY. Nun, ich muß Ihnen einräumen, Sie verstehen Ihre Liebeserklärungen fein einzufädeln! Wenigstens schicken Sie Beschreibungen Ihrer Persönlichkeit voraus, nach denen ich eher vermutet hätte, daß Sie wegen Ihrer Beine unter die Bäcker gehen wollten, als daß Sie mir die Liebe erklären würden.

MOLLFELS. O zerreißen Sie mir nicht mit meinen Beinen das Herz! Kein Mensch kann diese beiden Pole des Abscheus, diese beiden Zerstörer der Freundschaft, diese beiden Universalmittel gegen die Liebe grimmiger hassen als ich! Wenn ich irgend einem edlen Manne, der in den Morast gefallen ist, das Leben gerettet habe, und ich drücke ihn nun zum ewigen Bunde unsrer Seelen an meine Brust, so gibt er mir eine Ohrfeige und läuft davon, wenn er von ohngefähr einen Blick auf meine Beine geworfen hat! Aber dennoch, Fräulein, zwingt mich die Macht der Leidenschaft Ihnen meinen Liebesschwur von neuem vorzustammeln! Es ist mit mir dahin gediehen, daß ich mich schäme Rindfleisch und Senf zu essen, weil es mir für einen Liebenden zu gemein scheint, – daß ich in meiner Ekstase ein abgeschmacktes Trauerspiel geschrieben habe, dessen Inhalt zu närrisch ist, als daß ich Ihnen denselben nicht sogleich mitteilen sollte. Statt des Schicksals lasse ich darin die Gottheit der Antifatalisten, die Langeweile herrschen. Diese wird bei Eröffnung der Szene von dem zagenden Volke mit Vorlesungen aus den dramatischen Werken von Eduard Gehe verehrt. Unvermutet schallt aus dem Tempel der Ausspruch, daß die Göttin den Untergang der erhabenen Prinzessin Salvavenia beschließe. Das Volk heult, die Glocken läuten, die Prinzessin jammert als ob sie dem Satan schon in den Krallen säße, und alles stürzt in wilder Verzweiflung von der Bühne. Hierauf tritt Ossian ein und ißt ein Butterbrot. Nachdem er damit fertig geworden, verändert sich die Szene in den Audienzsaal des kaiserlichen Palastes. Der Kaiser hat eine Napoleonsweste an und die Großen stehen in grauen Gamaschen, welche sie vor Betrübnis aufgeknöpft haben, um seine Majestät herum. In der einen Stubenecke liegen zwei Strümpfe, welche höchst erbittert auf einander sind und sich vergiften wollen; nebenbei hängt ein plüschenes Wams, welches im Konversationslexikon blättert und eine Tasse Tee trinkt. Doch mit mordbegierigen Gebärden schleicht schon ein rachsüchtiger, hypochondrischer Borstwisch –

LIDDY. Gerechter Himmel, halten Sie ein! Ich zittere für meinen Verstand!

MOLLFELS. Ich wollte Ihnen nur zeigen, zu welchen wahnsinnigen Kompositionen mich die Allgewalt der Liebe verleitet!

LIDDY. Ich hoffe, daß es mit Ihrer Liebe nicht so ernstlich gemeint ist, denn ich bin mit dem Herrn von Wernthal verlobt.

MOLLFELS. Ei, so mag mich die Erde einschlingen, ich bin ein unglücklicher Kerl! – Verlobt? – Wahrhaftig, mir rollen die Tränen! – *Mit der Hand über seine Stirn fahrend.* Wenn – wenn ich mich in diesem meinen Schmerze umbringe, so werde ich mich vermutlich erschießen, denn wenn ich mich ersäufte, so müßte ich fürchten, daß ich den Schnupfen bekäme, und mit dem Schnupfen vor Gottes Richterstuhl zu treten, wäre wegen des Niesens teils sehr störend und teils sehr unschicklich. *Er geht ab.*

LIDDY. Der Mann könnte einem Mädchen mehr gefallen, als wie er selber denkt.

Dritter Akt

Erste Szene

Abend. Stube des Schulmeisters, von einer Lampe erhellt. Der Schulmeister und der Schmied im Gespräch.

SCHMIED. Ja, Herr Schulmeister, er hatte einen Pferdefuß mitsamt einem Fersenbüschel!

SCHULMEISTER. Es ist der Teufel, Konrad, es ist der Teufel! Ihr könnts in jeder Naturgeschichte lesen, daß der Teufel einen Pferdefuß hat.

SCHMIED. Er rief mir auch nach, daß er der Satan wäre und drohte mir den Hals umzudrehen, wenn ich es ausplauderte.

SCHULMEISTER. Hoho, deshalb seid ohne Sorgen! Ich habe ganz andre Absichten mit ihm vor! – Was meint Ihr, wenn wir den Herrn Urian einfingen, ihn in einen Käfig sperrten, mit ihm auf Messen und Jahrmärkten herumzögen, ihn für eine Seejungfer, oder um den Anschlagszettel noch auffallender zu machen, für eine Seewitwe ausgäben, und uns den Titel zweier Professoren der Seejungferei beilegten?

SCHMIED. Wir würden steinreiche Leute!

SCHULMEISTER. Oder wir könnten ihn auch gleich als das, was er ist, als den Teufel dem Publico produzieren. Dann tränkten wir ihm das Tanzen ein, ließen ihn nach der Melodie »wie schön leucht't uns der Morgenstern« am Stocke springen und steckten ihm alle Viertelstunde zur Verwunderung der Zuschauer wie einem abgerichteten Löwen den Kopf in den Hals.

SCHMIED. Das Kopfindenhalsstecken möchte ihm schwer beizubringen sein; er hat ein ziemlich kleines Maul.

SCHULMEISTER *mit stolzen Schritten in der Stube auf und ab.* Ihr mitleidswerter, ungläubiger Thomas! Ich brachte meinen Zöglingen schon weit schwierigere Sachen bei!

SCHMIED. Na, das habe ich an meinem Jürgen wenigstens noch nicht gemerkt!

SCHULMEISTER. Euer Jürgen! Der stupide Kartoffelbauch! Bei dem hätte sogar der weise Konfuzius, ohngeachtet er niemals Hopfen und Malz besaß, dennoch einige Fuder Hopfen und Malz verlieren müssen! – Im Vertrauen, woran hat Eure Frau gedacht, als sie mit dem Jungen schwanger war? Der Bengel trägt 'ne Art Pferdekopf!

SCHMIED. Das tut der vermaledeite Hengst, welcher sich beim Beschlagen losriß und meiner Frau, die in der Stube stand und Essig auf den Salat goß, plötzlich durch das Fenster ins Gesicht kuckte!

GRETCHEN *tritt ein.* Guten Abend, Herr Schulmeister! Die Frau Gerichtshalterin hat mir befohlen, Sie einen unverschämten Ochsen zu nennen und Ihnen die Kodons wieder ins Gesicht zu schmeißen!

SCHULMEISTER *indem er die Kodons aufhebt.* Hm! hm! kann die Madam diese Dinger also nicht in der Haushaltung gebrauchen?

GRETCHEN. Ach, Herr Schulmeister, wie ist Er dumm! Daß solche Ware nicht für die Haushaltung gemacht ist, spürt jede Christenseele auf eine Meile Weges. Madam ist außer sich vor Zorn!

SCHULMEISTER. Hm! hm! hier sind aber nur sechzehn Stück und ich hatte der Madam doch zwanzig überschickt, – wo sind die vier andren hingekommen?

GRETCHEN. Ja, als Madam recht im ärgsten Schimpfen war, steckte sie die vier besten geschwind in ihren Strickbeutel.

SCHULMEISTER. Im ärgsten Schimpfen in den Strickbeutel? Ei ei, welche verzwickte Inkonsequenz!

GRETCHEN. Adies, Herr Schulmeister!

Ab.

SCHULMEISTER. Schmied, Schmied, jetzt ists gefunden wie wir den Teufel in unsre Hände kriegen! Könnt Ihr ein Vogelbauer verfertigen?

SCHMIED. Ich denke, ja.

SCHULMEISTER. So lauft, lauft, und macht mir noch heute nacht eins von Menschengröße, mit einer zwei Ellen hohen Tür. Dieses setze ich morgen abend in den Wald, lege die Kodons hinein und verstecke mich im Gebüsch. Nun ist bei einem Kerl, wie der Teufel, immer zu präsumieren, daß er aufs Holzstehlen ausgeht; wenn er demnach herannaht, so hoffe ich, daß die Kodons, welche der Gerichtshalterin zufolge, die vier davon in den Strickbeutel gesteckt hat, etwas absonderlich Sündhaftes sein müssen, ihn vermöge der magnetischen Kraft, womit das Böse den Satan anzieht, unwiderstehlich in den Käfig locken werden. Dann eile ich hervor, schlage die Tür hinter ihm zu und flöte in die Finger!

SCHMIED *indem er dem Schulmeister ein verbindliches Kompliment machen will.* Ei, Herr Schulmeister, das haben Sie ja ordentlich philo – philum – ja, wie ein Klumpfisch auskalmüsert!

SCHULMEISTER *klopft ihm wohlgefällig auf die Achseln.* Philosophisch heißt es, mein Lieber, philosophisch! Die Etymologen leiten es von »viele Strohwisch'« ab. Man darf auch nur das letzte »e« in dem »viele« mit einem »o« vertauschen, die Silbe »stroh« wie ein »so« aussprechen, statt des »w« ein »f« lesen, und das Wort philosophisch ist höchst unphilosophisch, aber echt philologisch expliziert und deduziert.

SCHMIED *als wenn er ihn verstände.* Sehr richtig, Herr Schulmeister! Deduziert! Da sitzt der Hase im Pfeffer, da kuckt die Katze in den Topf! Offizier ist wieder davon verschieden! – O, o, wir Schmiede sind nicht dumm, wir Schmiede sind nicht dumm! *Ab.*

SCHULMEISTER *indem er seinen Schlafrock anzieht.* 's ist schon spät, – ich will mir noch ein Gläschen Magenstärkung einschenken und mich dann sputen, daß ich in die Federn komme. – Doch, wer klopft da noch? Herein!

Rattengift und Mollfels treten in die Stube.

RATTENGIFT. Tut uns leid, Herr Schulmeister, daß wir Sie beim Schlafengehen stören! – Wissen Sie nichts gegen das Totschießen? Der Herr Mollfels laboriert daran!

SCHULMEISTER. Wenn ich raten dürfte, so würde ich mit acht bis zwölf Flaschen Wein dagegen quacksalbern; die würden mindestens das Übel ein wenig verschieben!

RATTENGIFT. Bene, Herr Schulmeister! Ein Dutzend Flaschen Wein! Hurtig! Die Fensterladen vorgeschoben! Wir wollen uns eine lustige Nacht machen! Nicht wahr, Herr Mollfels?

MOLLFELS. Nun, es sei, im Namen der Hölle! Qual ist die Folie der Freude, und dazu will ich die meinige benutzen! Hier ist Geld! Wein herbeigeschafft, Schulmeister! Wenn ich dessenohngeachtet beim Erschießen beharren sollte, so habe ich morgen Zeit genug es nachzuholen!

SCHULMEISTER *ist in die lebhafteste Beweglichkeit geraten.* Juchhei! Dudeldumdei! Das war eine männliche Sprache, Herr Mollfels, und Wein herbeischaffen ist meine Losung! *Er springt an die Kammertür.* Gottliebchen, Gottliebchen! aus dem Bette! aus dem Bette! Zieh die Laterne an, zünde die Hosen an! aus dem Bette, aus dem Bette! Du mußt mit mir ins Wirtshaus und mir Wein hiehertragen helfen!

GOTTLIEBCHEN *kommt im halben Schlafe, mit blinzelnden Augen und im tiefsten Negligé aus der Kammer; greinerlich.* Hih, hu, hih! Die Stube dampft! Die Türken trommeln!

SCHULMEISTER. Schlingel, rappelst du? Da! schmier Wasser in die Augen! schnell! schnell! schnell! Wo hast du deine Hosen, dein Kamisol? Hier! zieh meinen Rock an! So! er sitzt dir majestätisch! wie ein schwarzsamtnes Schleppkleid! siehst aus wie eine Theaterkönigin! Komm, komm, komm!

Mit Gottliebchen ab.

MOLLFELS. Ha! ha! Herr Rattengift, diese Szene könnten Sie unbedenklich in eins Ihrer Lustspiele einfügen!

RATTENGIFT. I du mein Gott, Herr Mollfels, sind Sie bei Trost? Solch einen grobkomischen Auftritt! Heutzutage muß die Komik fein sein, so fein, daß man sie gar nicht mehr sieht; wenn dann die Zuschauer sie dennoch bemerken, so freuen sie sich zwar nicht über das Stück, aber doch über ihren Scharfsinn, welcher da etwas gefunden hat, wo nichts zu finden war. Überhaupt ist der Deutsche viel zu gebildet und zu vernünftig, als daß er eine kecke starke Lustigkeit ertrüge.

MOLLFELS. Ja ja, er lacht nicht eher, als bis er sicher ist, daß er sich nachher wird förmliche Rechenschaft zu geben vermögen, warum er gelacht hat!

RATTENGIFT. Glauben Sie mir, wenn auch jemand wirklich ein Lustspiel schriebe, welches bis in die unbedeutendsten Teile auf höhere Ansichten gegründet wäre, und er wagte es seine Ideen frei und eigentümlich durchzuführen, so würde ihn eben deswegen der überwiegendere Teil des Publikums verkennen und vor Bäumen den Wald nicht schauen!

MOLLFELS *lachend.* Sie sind gewiß mit einem in höheren Ansichten geschriebenen Lustspiele durchgefallen!

RATTENGIFT. Ach, sagen Sie nicht »durchgefallen!« es klingt so hart! »durchgesunken« lautet schon weit sanfter!

MOLLFELS. Soll ich Ihnen was vorschlagen? Dichten Sie künftig nichts als Trauerspiele! Wenn Sie denselben nur die gehörige Mittelmäßigkeit verleihen, so ist es unmöglich, daß Sie nicht den rauschendsten Applaus einernteten! Sie müssen insbesondere den Plan der Stücke hübsch winzig und flach gestalten, sonst möchte ihn nicht jeder kurzsichtige Schafskopf überblicken können, – Sie müssen dem Verstande und dem Forschungsgeiste der Leser nicht das geringste zumuten und wenn durch ein Unglück eine hervorstechende Szene mit unterlaufen sollte, sorgfältig hinterdrein bemerken, was sie abzwecke und in welcher Beziehung auf das Ganze sie zu nehmen sei, – Sie müssen beileibe alles hinlänglich weich kneten, denn das Weiche gefällt, und wenn es auch nur nasser Dreck wäre, – vorzüglich aber müssen Sie stets den Geschmack der Damen im Auge behalten, denn diese, welche noch niemals von einem wahren Dichter als berufene Richterinnen anerkannt sind, gelten jetzt im Reiche der Kunst als oberste Appellationsinstanz; ob man sie entweder wegen ihrer kränklichen Nerven oder wegen ihrer Geschicklichkeit im Scharpiezupfen dazu erwählt hat, ist eine unentschiedene Frage. Desto entschiedener ist es, Herr Rattengift, daß man Sie, wenn Sie Gewalt genug besitzen, um diese Regeln zu verachten, als einen blindlaufenden, verrückten, rohen Phantasten verschreit, der Schönheiten und Erbärmlichkeiten wild nebeneinanderkleckst. Ständen Homer oder Shakspeare erst jetzt mit ihren Werken auf, so wären Beurteilungen zu erwarten, in denen die Iliade ein unsinniges Gemengsel und der Lear ein bombastischer Saustall genannt würde; ja, manche Rezensenten gäben vielleicht dem Homer einen wohlgemeinten Fingerzeig, sich nach der Bezauberten Rose emporzubilden, oder geböten dem Shakspeare, fleißig in den Romanen der Helmina von Chezy oder der Fanny Tarnow zu studieren, um daraus Menschenkenntnis zu lernen.

RATTENGIFT *hat während Mollfels' Worten mehrmals gehustet und Zeichen der Mißbilligung geäußert.* Meine Grundsätze erlauben mir nicht, Ihren satirischen Angriffen auf die Regeln völlig beizustimmen. Die Regel scheint mir vielmehr unerläßlich; sie ist gleichsam das Beinkleid des Genies. Woran sollte der Künstler sich halten, woran erkennen, wenn ihm nicht vermittelst seines Verhältnisses zu den Kritikern –

MOLLFELS. Der Künstler soll sich an seinem eignen Genius halten, sich an seinem eignen ruhigen, klaren Bewußtsein erkennen, und was sein Verhältnis zu den Kritikern anbelangt, so ist es folgendes: die Kritiker ziehen mühselig die Schranken und machen sie just so weit wie ihr Gehirn, also sehr enge; das Genie tritt herein, findet sie jämmerlich schmal, zerbricht sie und wirft sie den Kritikastern an den Kopf, daß sie lautheulend aufschreien; wenn dann der gemeine Haufe dies Gezeter hört, so sagt er in der Einfalt seines Herzens: sie kritisieren!

RATTENGIFT. Hm, hiernach wird jeder schlechtrezensierte Dichter meinen, daß Sie von seiner Partie sind.

MOLLFELS. Davon bin ich in dem Grade entfernt, daß ich den Regierungen schon oft ihre Grausamkeit gegen das Publikum vorgeworfen habe, indem sie noch immer zaudern endlich einmal ein Schock Poeten wegen ihrer elenden Gedichte hinzurichten.

RATTENGIFT *in unbegreiflicher Unruhe.* Nein! nein! das wäre doch zu stark! zu stark! Hinzurichten! Gütiger Himmel, welche schauderhafte Idee! Heinrich Döring, Friedrich Gleich, Wilhelm Blumenhagen, Methusalem Müller – O mir klappern die Zähne, mir klappern die Zähne! *Aufatmend.* Ah, da kommt der Schulmeister mit Wein!

Schulmeister und Gottliebchen treten ein, jeder mit Weinflaschen bepackt.

SCHULMEISTER *singt.*

Vivat Bachus, Bachus lebe,
Bachus war ein braver Mann!

Zu Gottliebchen.

Du alberner Pinsel, sing doch mit!

GOTTLIEBCHEN *quäkt.*

Vivat Bachus, Bachus lebe,
Bachus war ein braver Mann!

MOLLFELS. Gottliebchen, du krächzest ja, daß sich die Steine Ohren wünschen, um sie sich nur zustopfen zu können!

SCHULMEISTER. Hähä? Hat der Bube nicht 'ne allerliebste Stimme? Ich habe schon 22 Briefe von den Sirenen in meinem Pulte liegen; sie wollen ihn durchaus unter sich engagieren, allein ich antworte ihnen jedesmal, daß er noch zu jung ist.

RATTENGIFT. Langnasiger Knittelmagister, laß das Windbeuteln und setz Gläser auf den Tisch!

SCHULMEISTER *sie daraufsetzend.* Da stehen sie!

RATTENGIFT. Rasch denn, eingeschenkt!

SCHULMEISTER. Geduld! Geduld! 'ne halbe Minute!

Er eilt an das Bette, reißt ein Bettlaken herunter und wickelt es sich um den Kopf.

MOLLFELS. Donnerwetter, Herr Schulmeister, was ist das für eine tolle Verkappung?

SCHULMEISTER. Bloße Vorsicht, Herr Mollfels, bloße Vorsicht! Wegen des Umfallens besaufe ich mich gerne mit verbundenem Kopfe!

MOLLFELS. O du weiser, erfahrener Praktikus! Als dein demütiger Schüler ahme ich dir stracks in deiner Vorsichtsmaßregel nach!

RATTENGIFT. Und ich desgleichen!

Sie reißen zwei Bettlaken los und umwickeln sich ebenfalls die Köpfe.

SCHULMEISTER. Wahrhaftig, ihr Herren, unsre drei Köpfe nehmen sich in den ungeheuren Bettlaken wie drei unglückliche, in die Mitte des Milcheimers gefallene Fliegen aus!

MOLLFELS. Schulmeister, erzählen Sie uns während des Zechens eine Geschichte aus Ihrer Jugendzeit!

RATTENGIFT. Ja ja, aus Ihrer Jugendzeit!

Sie setzen sich um den Tisch und schenken ein.

SCHULMEISTER *trinkend.* Fuimus Troes, die goldnen Flegeljahre sind dahin! – Gottliebchen, wo bist du? Sperr die Schnauze auf, Flegel! Ein Schluck germanisierten Champagners wird deinem Patriotismus nicht schaden! – – Also, meine Herren, mit den Erzählungen aus jenen tempi passati ists für einen Schulmeister, der sich bei seinen Eleven den Respekt bewahren muß, und für einen Ehemann der seine Frau mit Eifersucht plagt, ein kitzliches Unterfangen!

MOLLFELS. Keine Vorreden! Sie sind verliebt gewesen! Von Ihrer ersten Liebe sollen Sie uns Bericht abstatten!

RATTENGIFT. Hu, wie es den ausgemergelten, pädagogischen Ziegenbock durchzuckt, da er von seiner ersten Liebe hört!

SCHULMEISTER. O ihr schönen, schwärmerischen, unwiederbringlich verschwundenen Stunden, wo ich – Stoßen Sie an, meine Herren! Hannchen Honigsüß soll leben!

MOLLFELS UND RATTENGIFT. Sie lebe!

SCHULMEISTER. Verzeihen Sie, ich schätze dieses Mädchen so unendlich, daß ich mich unmöglich mit einem einzigen Glase auf seine Gesundheit begnügen kann!

Er säuft in einer Reihe sechs Gläser aus.

RATTENGIFT UND MOLLFELS. Bravo, Herr Schulmeister! Auch wir wissen Ihr Hannchen zu schätzen!

Sie saufen gleichfalls sechs Gläser aus.

SCHULMEISTER. Nachdem wir also allesamt Hannchen gehörig geschätzt haben, will ich in meiner Historie fortfahren. Das holde Kind war ein Engel, und ihr Vater, der Konrektor an der Stadtschule, ein schäbiger Filou. Er trug eine Beutelperücke, welcher die Hunde und Katzen von frühmorgens bis Mitternacht nachstellten, weil sie dieselbe für ein Wasserrattennest hielten, und seine ledernen, lebenssatten Hosen wurden einstmals von einem unserer Geschichtsschreiber in einer gelehrten Disputation über die ältesten Spuren des Verkehrs der Deutschen mit fremden Völkern, für ein Trauermonument der Phönizier ausgegeben.

MOLLFELS UND RATTENGIFT. Hohoho! ein Trauermonument!

Sie trinken.

SCHULMEISTER *zu Gottliebchen, der müßig in einer Ecke steht.* Du hämischer, neidischer, kaltblütiger, heimtückischer Racker, weswegen stehst du dort im Winkel und rührst keine Lippe? Du willst wohl nüchtern bleiben und dich über unsre Schlemmerei mokieren? Sauf mir stante pede diese Bouteille aus oder ich beiße dir den linken Daumen ab!

Gottliebchen ergreift die Bouteille und macht sich mit vielem Vergnügen darüber her.

SCHULMEISTER *wieder zu Rattengift und Mollfels.* Der Konrektor war also ein Harpax und wir Schüler haßten ihn ebenso sehr, als wir seine Tochter liebten. Weil ich jedoch ein aufgeweckter Bursche war und er in den langen Winterabenden, an welchen er niemals ein Licht brannte, zeitverkürzender Gesellschaft bedurfte, so hatte ich bei ihm einen guten Stein im Brette und mußte ihn regelrecht mit eintretender Dämmerung besuchen. Da saß ich denn mit ihm und seiner Tochter in der dunklen Stube, er zu meiner Linken, sie zu meiner Rechten. Indem ich nun ihm von seinen Editionen des Plinius vorplapperte, pflegte ich ihr verstohlen das Patschhändchen zu drücken, und wenn ich einen Gegendruck fühlte, so ging ich weiter, schlang allmählich den Arm um ihren zierlichen Nacken, zupfte ihr am Busenwärzchen, und krabbelte ihr zuletzt ohne Umstände im Schoße. Doch zu meinem Malheur hatte sich eines Abends der Alte an ihren Platz gesetzt; ich, dem die Verwechslung unbemerkt geblieben war, fing wie gewöhnlich an zu krabbeln; zwar fiel mir Hannchens sonderbares, lederartiges Kleid auf, allein ich ließ mich, bei meiner verliebten Blindheit, dadurch nicht stören; – dem Herrn Konrektor selber, welchem die Frau schon lange tot war, mochte meine Zärtlichkeit gar nicht übel behagen, denn er regte keinen Finger und schwieg mäuschenstill; – endlich aber, als ich ihm ins Ohr flüsterte: »Hannchen, Hannchen, was bist du heute häßlich!« empörte ihn diese *Beleidigung seiner*

Schönheit zu einer solchen Wut, daß er mir eine Maulschelle ins Gesicht bombardierte, welche mich nicht bloß aus meiner Täuschung herausriß, sondern mir auch seine Faust so kräftig in die Backen prägte, daß mich am andren Tage alle Leute fragten, ob ich mir die natürlichen Ohrfeigen hätte einimpfen lassen!

MOLLFELS *halb berauscht.* Köstlich, Schulmeisterchen, köstlich! Hast 'nem alten Konrektor an den Lederhosen gekrabbelt! O Wonne! Wonne! Wonne!

SCHULMEISTER. Das Krabbeln soll leben!

MOLLFELS. Es lebe!

Sie saufen unmäßig.

SCHULMEISTER. Jemine, Herr Mollfels, was bekommt der Rattengift für dicke Augen!

RATTENGIFT *packt in der Betrunkenheit dem Schulmeister an die Brust.* Nicht wahr? nicht wahr? Sind meine Gedichte nicht das abgedroschenste, schalste, anspeiungswerteste Geschmiere?

SCHULMEISTER. Sie sind grade so gut wie die Poesien der Elise von Hohenhausen, geborenen von Ochs.

RATTENGIFT. Zermalme mich, Schulmeister, zertritt mich! Ich bin ein Wurm, ich bin ein ärmlicher Tropf, meine Verse haben keinen Saft, meine Gedanken haben keinen Sinn! Ich bin ein Wurm, ein Wurm, ein winziger Wurm! Schmeiß mich in den Sumpf, schmeiß mich in den Sumpf!

SCHULMEISTER *immer trinkend und allmählich ebenfalls besoffen werdend.* Weine nicht, Rattengiftchen, und sprich leise, damit es der Nachtwächter nicht hört! Du bist in der Rage! Dir fließt das Herz über! – Ists nicht so, Herr Mollfels?

MOLLFELS *den Schulmeister umhalsend.* Ach, meine Liddy, meine Liddy!

SCHULMEISTER *jüngferlich.* Zerzausen Sie mir nicht das Busentuch, bester Karl! *Auf Gottliebchen deutend, der seine Flasche geleert hat, und taumelnd aus der Ecke hervorkommt.* Aber verstecken Sie sich, teuerster Freund, verstecken Sie sich! Dort kommt mein Vater!

MOLLFELS. Du bist wohl ein bißchen betrunken, Liddy!

SCHULMEISTER. Leider, liebster Karl, habe ich etwas zu tief ins Glas geguckt!

RATTENGIFT *an den Boden stürzend.* »Unsinn, du siegst, und ich muß untergehn!« *Er schläft ein.*

GOTTLIEBCHEN *klettert dem Schulmeister ins Gesicht.* Du schlechter Schulmeister, du! Hast mich prügelt! hast mich schlagen! hast mich schimpft! Bin betrunken! Prügle dich wieder! schlage dich wieder!

SCHULMEISTER. O mein verehrtester Vater! Vergebung! Vergebung! Ich kann einmal nicht anders, – ich muß meinen Karl heiraten oder ich muß sterben! Sein Sie nicht so grausam, großmütigster der Väter! Kniebeugend bitte ich Sie, sein Sie nicht so grausam gegen Ihre unglückselige Tochter! Pardonnez moi, Monsieur!

MOLLFELS. Ja, Herr Baron, verzeihen Sie uns, hindern Sie nicht unser zeitliches und ewiges Glück!

Gottliebchen purzelt auf die Erde.

SCHULMEISTER *froh.* Sieg, Sieg! er verzeiht, er purzelt auf die Erde! Karl, Karl, in meine Arme! Wir dürfen uns lieben!

MOLLFELS *besieht Gottliebchen.* Wenn ich Ihren Herrn Vater näher betrachte, schönste Liddy, so scheint er mir gegen sonst verdammt klein geworden zu sein!

SCHULMEISTER. Er hat die Masern gehabt, mein Trauter.

MOLLFELS. Uh! Uh!

SCHULMEISTER. Gott! was seufzest du?

MOLLFELS. Wehe, Wehe! ich fürchte, daß ich vom Tische falle!

SCHULMEISTER. Da ist freilich nichts zu raten, als daß du daraufsteigst!

Mollfels steigt auf den Tisch, damit er nicht herunterfällt, und fällt herunter.

SCHULMEISTER *erhebt ein schreckliches Geschrei und schlägt die Hände über dem Kopfe zusammen.* O Schicksal, Schicksal, unerflehliches Schicksal! Keine menschliche Klugheit vermag dir vorzubeugen, kein Sterblicher dir zu entrinnen! Ohngeachtet Mollfels auf den Tisch klettert, muß er dennoch herunterfallen! O du grimmiges, marmorhartes Untier! *Er knirscht mit den Zähnen.*

MOLLFELS. Hilft mir denn niemand, daß ich aufstehe? Schulmeister! Liddy! wo seid ihr beiden?

SCHULMEISTER. Zayre, vous pleurez? Das schmerzt mich, auf Parole, das schmerzt mich! – Venez, ma chère! ’s ist draußen pechrabenschwarz! Wollen in die Kirche gehen und auf der Orgel spielen! *Er faßt Mollfels unterm Arm und wackelt mit ihm ab.*

Zweite Szene

Eine Wiese. Tagesanbruch.
Der Freiherr Mordax geht spazieren, ihm begegnen dreizehn Schneidergesellen, er macht sich die Serviette vor und schlägt sie sämtlich tot.

Dritte Szene

Ein Fahrweg im Dorfe.
Die vier Naturhistoriker treten mit blutrünstigen Köpfen auf; jeder hat einen Kieselstein in der Hand.

ALLE VIER ZUSAMMEN. Da haben wir uns ganz expreß mit diesen Kieselsteinen die Köpfe zerbrochen, und können doch nicht herausbringen, was der sogenannte den Finger ins Licht steckende Generalsuperintendent für ein Kerl ist! O! O! O!

EINER VON IHNEN. Nicht verzagt, meine Herren! Die Wissenschaft ruft! Lassen Sie uns noch einmal probieren! Mutig! Noch einmal die Köpfe zerbrochen!

ALLE VIER. Noch einmal die Köpfe zerbrochen!

Sie schlagen sich mit den Steinen vor die Köpfe, daß die Funken stieben, bringen nichts heraus, und entfernen sich fluchend. Der Schulmeister kommt mit Mollfels und Rattengift.

SCHULMEISTER. Das war 'ne verrückte Nacht. Als ich aufwachte, lag ich zu meinem Erstaunen vor dem Pedale der Kirchenorgel.

MOLLFELS. Und ich saß mit übereinandergeschlagenen Beinen auf einem Sarge des freiherrlichen Erbbegräbnisses!

RATTENGIFT. Ich lag unter Ihrem Schreibtische, Schulmeister, und neben mir schnarchte Gottliebchen wie ein Dachs.

SCHULMEISTER. Jetzt ist mein unmaßgeblicher Vorschlag, daß wir in Gesellschaft einen Morgenimbiß verzehren, der uns die Nachwehen der Betrunkenheit, oder wie man schicklicher sagt, den Katzenjammer vertreibt.

RATTENGIFT. Es verdrießt mich, daß ich nicht mit dabeisein kann; – ich habe einen Auftrag an die Baronin zu besorgen, der keinen Verzug leidet.

Ab.

SCHULMEISTER. Rattengift ist ein Narr. Wenn er die Wollust kennte, nach einer verschwelgten Nacht bei unsrem muntren Dorfwirte einen tüchtig gepfefferten Hering mit Stumpf und

Stiel zu essen und einen scharfen, nicht gewässerten Rum nachzugießen, so würde er sich den Deut um seine Aufträge kümmern!

MOLLFELS. Ich stimme Ihnen bei, Schulmeister! Kommen Sie; ich habe mächtgen Appetit.

Beide ab.

Vierte Szene

Zimmer im Schlosse.
Rattengift und Liddy treten auf.

RATTENGIFT. Nein, Fräulein, verweigern Sie mir mein Gesuch nicht; willigen Sie in die Spazierfahrt ein. Lopsbrunn ist einer der interessantesten Plätze der Erde; wie eine Schäferhütte aus Guarinis Pastor fido liegt es in der grünen Einsamkeit des Eichforstes; gleich zwei langen, flüssig gewordenen Nachtigallen zwitschern zwei murmelnde Bäche durch den stillen Umkreis seiner Umgebungen, und Pilger, wie ein emsig dichtender Graf sich so gefühlvoll ausdrückt, blühen dort hinter den Stielen oder säuseln in süßer Waldandacht dahin!

LIDDY. Nett deklamiert, Herr Rattengift! – Wie weit ist es bis Lopsbrunn?

RATTENGIFT. Kaum eine Meile und der Weg führt in reizender Abwechslung über umlaubte Höhen und durch grasigte Niederungen.

LIDDY. So halten Sie sich fertig, denn der Kutscher soll anspannen und wir fahren noch diese Stunde in Begleitung meines Onkels nach dem Waldhäuschen!

Sie geht mit Rattengift ab.

Fünfte Szene

Buschiger Wald. Abend.
Der Schulmeister kommt mit einem riesigen Vogelbauer auf dem Rücken.

SCHULMEISTER. Die Sonne ist untergegangen, die müde Welt hat die gestirnte Schlafmütze aufgesetzt, die eine Erdenhälfte scheint jetzt tot, böse Träume schrecken hinterm Vorhange den unbeschützten Schlaf, die Zauberei beginnt den furchtbaren Dienst der bleichen Hekate, der Mord geht, aufgeschreckt von seinem heulenden Nachtwächter, dem Wolfe, mit weit ausgeholten Räuberschritten an sein entsetzliches Geschäft, der Schmied hat mir einen Käfig zurecht gezimmert, hier in diesem buschigen Dickichte will ich ihn aufstellen, aus der Ferne schallen die Axtschläge des holzstehlenden Teufels herüber, und ich müßte mich sehr trügen, wenn ihn nicht die magische Einwirkung von sechzehn Kodons hieherlocken sollte!

Er setzt den Käfig in das Gebüsch, macht die Tür auf, legt die Kodons hinein, und tritt auf die Seite. – Pause. Der Teufel kommt schnüffelnd.

SCHULMEISTER. Ha, da ist er schon! Wie es ihm in die Nase sticht!

TEUFEL. Ich rieche hier zweierlei! Links etwas Unzüchtiges, Kinderverhinderndes, – rechts etwas Versoffenes, sich mit Kindern Beschäftigendes.

SCHULMEISTER. Schwerenot, das ist doch keine Anspielung auf *mich*?

TEUFEL *indem er auf die Kodons zugeht.* Das Unzüchtige zieht mich gewaltig an, *sich nach dem Schulmeister wendend* aber auch das Versoffene kirrt mich nicht minder, – *stehenbleibend* wenn ich nur wüßte, welches von beiden das Inmoralischste wäre! *Er schnüffelt stärker.*

SCHULMEISTER *in großer Angst.* Alle Henker, mein Gewissen!

TEUFEL. Ich habs heraus: das Versoffene, sich mit Kindern Beschäftigende zu meiner Rechten ist das Schlimmste, und das Unzüchtige, Kinderverhindernde zu meiner Linken ist, damit verglichen, die wahre Unschuld!

Er eilt auf den Schulmeister zu.

SCHULMEISTER *weicht immer im Kreise vor ihm zurück.* Kreuz-Sapperment, nun bin ich in einer saubren Patsche! Daran dachte mein Herz nicht, daß ich schuldvoller wäre als wie ein Kodon! Es ist auch nur bloße Verleumdung von dem malitiösen Herrn Mephistopheles! – Gott sei Dank, da sitzt ein abgebrochenes Stückchen von einem Kirchenstuhle, welches ich vergangene Nacht in der Besoffenheit eingesteckt haben muß, in meiner Rocktasche! Das will ich ihm entgegenhalten und ihn damit zurückscheuchen! *Er tut es.*

TEUFEL *prustet und prallt zurück.* Puh! das Versoffene hat sich mit einem abgebrochenen Kirchenstuhlstückchen verbessert! Puh! – Ne, da wende ich mich lieber wieder zu dem Unzüchtigen, obschon es das Moralischere ist! *Er läuft begierig in den*

Käfig, und wie er eben die Kodons in der Hand hat, springt der Schulmeister herbei und schlägt hinter ihm die Tür zu.

TEUFEL *aufschreiend.* Element, man sperrt mich ein, ich bin gefangen! *Heftig an den Stäben rüttelnd.* Vergebens, vergebens! Die Stäbe sind kreuzweis gelegt, ich kann sie nicht entzweibrechen! *Er erblickt den Schulmeister.* O du halunkischer, spitzbübischer, hundsföttischer – Nein, ich wollte sagen, du holder, liebenswürdiger, guter Mann! o laß mich wieder los! laß mich wieder los!

SCHULMEISTER. Prosit Mahlzeit! Mit Speck fängt man Mäuse, mit Kodons den Teufel! *Er nimmt den Käfig auf die Schultern und trägt den Teufel darin fort.*

Der Freiherr Mordax tritt mit seinen Spießgesellen auf.

FREIHERR *räuspert sich, spuckt aus, und beginnt seine Anrede.* Ihr Herren Spießgesellen! Die Baronesse Liddy verweilet drüben im Waldhäuschen zu Lopsbrunn! Alldieweilen sie in der Güte meine Brautwerbung nicht akzeptieren will, bin ich entschlossen, sie mit eurer Beihülfe par force zu entführen! – Habt ihr eure Mähnen über eure Galgenphysiognomien gekämmt, damit ich keine Schande mit euch einlege?

DIE SPIESSGESELLEN. Ja.

FREIHERR. Schön!

Sie gehen ab.

MOLLFELS *kommt mit drei bewaffneten Bedienten.* Es streichen verdächtige Haufen durch den Wald, – Fräulein Liddy und ihr Onkel sind in Lopsbrunn, – ich fürchte, ich fürchte, daß ein Anschlag gegen sie im Werke ist! *Zu den Bedienten.* Ladet eure Pistolen; vielleicht gibt es Gelegenheit, sie einigen Schurken auf die Haut zu brennen!

Sie laden die Pistolen und gehen ab.

Sechste Szene

Ärmliche Stube im Waldhäuschen zu Lopsbrunn.
Liddy, der Baron und Rattengift treten auf.

LIDDY. Rattengift, Sie haben uns schrecklich getäuscht! – Wenn es hier romantisch ist, so – Hu, lieber Onkel, mich schaudert! Lassen Sie anspannen, daß wir aus dieser Banditenhöhle fortkommen!

BARON. Mädchen, du zitterst! Das ist ja sonst deine Art nicht!
LIDDY. Ich flehe, lassen Sie anspannen, lassen Sie anspannen!
BARON. Heda, Hauswirt!

Der Hauswirt tritt herein.

Hast du meine Pferde gefüttert?
DER HAUSWIRT. Ich füttre keine fremde Pferde.

Geht ab.

LIDDY. Der alte Brummbär!
BARON *ihm erzürnt nacheilend.* Elender Kerl, nun *sollst* du sie füttern!
LIDDY. Onkel, Onkel, wohin? – Er hört mich nicht und stürmt die Treppe hinunter! – Und nicht einmal ein Licht in der düstren Stube! – – Rattengift, wo sind Sie denn?
RATTENGIFT *mit beklommener Stimme.* Ich, gnädiges Fräulein, ich –
LIDDY *zusammenfahrend.* Himmel, was war das? Welch ein Geräusch auf dem Fußboden!
RATTENGIFT *zähneklappernd.* Es war wohl nur 'ne Maus, die drüber hinlief!
LIDDY. Ach, ich bebe fast vor meinem eignen Atem! Solche Bangigkeit habe ich noch nie empfunden! – Endlich! da kommt der Onkel mit Licht!
BARON *kommt in heftiger Bewegung, ein Licht in der Hand.* Rattengift, zeigen Sie mir Ihr Gesicht! *Nachdem er ihm hineingeleuchtet.* Nein, Sie wissen nichts davon! Ich spreche Sie frei!
LIDDY. In aller Heiligen Namen, was soll dies heißen?
BARON. Der Hauswirt ist ein verrätrischer Bube, Nichte! Er läßt eine Menge räubermäßig gekleidetes Gesindel ins Haus, und versagt mir die Pferde!
LIDDY. Jesus! wir sind verloren!

Sie sinkt auf einen Stuhl.

RATTENGIFT *in Verzweiflung.* Verloren! verloren!
BARON. Und wenn nur die Absicht der Räuber auf unser Geld ginge, aber sie ist auf dich gerichtet, Liddy, auf dich!
RATTENGIFT. O wenn das ist, Liddy, so retten Sie unser Leben, retten Sie unser Leben! Not kennt kein Gebot! Wenn Sie dem Hauptmanne des Trupps in einer Privataudienz, deren etwaigen Folgen sich späterhin ganz leicht auf einer sogenannten Badereise abschütteln –

LIDDY *sich stolz emporraffend.* Armseliger Versifex schweig, und verkriech dich mit deinem jämmerlichen Leben dort hinter den Ofen! *Eine Haarnadel losreißend.* Ehe ein einziger dieser Bösewichter auch nur meine Hand berührt, soll diese Nadel zehnfach meine Brust durchbohren! – Auf, teurer Onkel! die Tür verrammelt! der Schwächste ist in der Gefahr oft der Stärkste!

BARON. Edles, heldenmütiges Kind!

Sie verrammeln die Tür.

LIDDY. Den Tisch davorgetragen!

BARON. Der ist uns zu schwer.

LIDDY. Ich trage ihn allein!

BARON. Liddy, Liddy, du zerquetschest dir mit dem ungeheuren Tische die Brust! – Um Gotteswillen, wo bekommst du diese Kraft her?

LIDDY. Ergreifen Sie jenen Degen, und geben Sie mir Ihr Jagdmesser! – Ha, die Bande naht sich!

Der Freiherr und seine Spießgesellen stürmen die Tür und brechen sie nach mehreren Stößen auf; Liddy wirft einem von ihnen das Jagdmesser nach dem Kopfe; die Schar stutzt einen Augenblick; kurz darauf hört man Mollfels' Stimme; es fallen Pistolenschüsse; die Angreifenden flüchten, Mollfels stürzt herein, und seine Bedienten folgen ihm mit dem gefangenen Freiherrn.

LIDDY. Wir sind gerettet!

Sie liegt ohnmächtig in Mollfels' Armen.

MOLLFELS *zum Baron, auf den Freiherrn deutend.* Der ist der Anführer dieses verruchten Überfalls, *Indem zwei Bediente mit dem Herrn von Wernthal hereintreten.* und der da, welchen wir hier in der Nähe auf der Lauer fanden, hat, wie der Freiherr Mordax eingesteht, die Baronesse für 20000 Rtlr. an einen Gastwirts- und Bräute-Sammler verkauft; auch hat er sich sehr vorsichtig alle seine Taschen mit Zwiebeln vollgestopft, um sich nachher damit die Tränen des Bedauerns aus den Augen zu pressen!

Die Bedienten kehren dem Herrn von Wernthal die Taschen um und es fällt eine Menge Zwiebeln heraus.

LIDDY *sich erholend.* Sie, Mollfels, wagten für mich Ihr Blut; kann meine Hand Sie belohnen, so ist sie die Ihrige!

MOLLFELS. Beglückt sinke ich vor Ihnen –

LIDDY. Nicht also! Ein Mann wie Sie, braucht sich vor keinem Mädchen zu beugen! Freudig drücke ich Ihnen den Vermählungskuß auf die Lippen, welche Sie selbst so ungerecht zu verspotten pflegten!

BARON. Wohlgetan! ich segne euren Bund!

RATTENGIFT. Und ich verfertige das Hochzeitscarmen!

LIDDY *lächelnd.* Rattengift, Sie sind doch entsetzlich feig!

RATTENGIFT. Ich bin ein Dichter, gnädiges Fräulein!

BARON *zu Wernthal und dem Freiherrn.* Ihr aber, ihr Elenden, die ihr die Schande des Adels seid, sollt unerbittlich die Strafe empfangen, welche ihr verdient! Ich will euch wie die gemeinsten Verbrecher aneinanderknebeln lassen, – euch am hellen Mittage in die Stadt transportieren lassen, – euch –

FREIHERR *wird hitzig.* Mord und Tod, dies übersteigt mir die Geduld! Mich geknebelt in die Stadt transportieren lassen! Ho, ist das der Dank dafür, daß ich meine Rolle so göttlich gespielt habe? Glauben Sie, ich wüßte nicht, Herr Theaterbaron, daß Sie der Schauspieler V. sind, und daß Sie mir nichts tun dürfen? – Schnell, Herr von Wernthal, wir wollen ins Orchester zu den Musikanten klettern; die sind meine intimen Freunde und krümmen uns kein Haar!

Der Freiherr und der Herr von Wernthal klettern in das Orchester.
Der Schulmeister tritt auf, den Teufel im Käfige auf dem Rücken.

SCHULMEISTER. Gratuliere, Herr Baron, daß Sie mit Ihrer Nichte so glücklich aus den Klauen des Freiherrn Mordax gerettet worden sind!

BARON. Bin ich bei Sinnen, Schulmeister? Ist das nicht der Generalsuperintendent, den Sie im Käfige auf dem Rücken schleppen?

SCHULMEISTER *stellt den Käfig auf den Tisch.* Hm, wenn der Teufel ein Geistlicher ist, so mag es ein Generalsuperintendent sein, denn dieser frostige Schornsteinfeger ist alleben der Satan in eigner Person!

ALLE ANWESENDEN, SELBST DER FREIHERR UND WERNTHAL IM ORCHESTER *rufen voller Erstaunen.* Was? Der Satan? O Wunder!

SCHULMEISTER. Ja, zum zweiten Male habe ich den bedrängten Erdkreis von ihm erlöst, und wie einen Sperling überliefere ich ihn in einem Vogelbauer dem Menschengeschlechte zum beliebigen Verschlusse!

TEUFEL. Herr Baron, ich beschwöre Sie, befreien Sie mich aus dem Käfige, befreien Sie mich von dem Schulmeister! Er neckt mich in einem fort, läuft mit mir durch Dick und Dünn, kitzelt mich mit langen Nesseln, streut mir in jeder Minute dreimal Sand auf den Kopf –

SCHULMEISTER. Es ist der Teufel, Herr Baron, er hat es verdient, er hat es verdient! Passen Sie auf! Ich will jetzt mein Hauptexperiment mit ihm versuchen! Er soll das Gesangbuch essen und mir hinterdrein Pfötchen geben! *Er hält dem Teufel das Gesangbuch hin.* Iß! *Der Teufel sträubt sich.* Iß, Himmelhund, iß!

Der Teufel sträubt sich noch gewaltiger.

EIN DIENER *kommt.* Eine junge, schöne Dame, der Tracht nach eine Russin, erscheint auf dem Hausflur, man weiß nicht wie!

TEUFEL *jauchzt.* O das ist meine Großmutter! das ist sicher meine Großmutter! ein russisches Pelzkleid hat sie angezogen, weil sie sich zu verkälten fürchtet!

RATTENGIFT. Sie irren sich, Herr Teufel! Der Bediente spricht nicht von Ihrer Großmutter, sondern von einer Dame, welche noch jung und schön ist!

TEUFEL. Du Tropf! Als ob meine Großmutter alt und häßlich wäre! Weißt du nicht, daß wir Unsterblichen ewig jung bleiben? Wenn ich jedoch demohngeachtet alt und runzlig geworden bin, so ist mein spezieller Gram über die Erfindung der Rumfordschen Suppe schuld daran.

Des Teufels Großmutter, eine blühende Frau im modischen russischen Winteranzuge tritt herein und begrüßt die Gesellschaft mit einer stummen Verbeugung.

DES TEUFELS GROSSMUTTER. Schulmeister, entlassen Sie meinen Enkel aus dem Käfig und verlangen Sie für diese Gefälligkeit, was Sie wollen.

SCHULMEISTER. So verlange ich, Euer Durchlaucht, daß er mir Pfötchen gibt!

DES TEUFELS GROSSMUTTER. Gib Pfötchen!

Der Teufel gibt dem Schulmeister Pfötchen, worauf ihn dieser aus dem Vogelbauer losläßt.

DES TEUFELS GROSSMUTTER. So, lieber Enkel! Sei lustig! Das Scheuern in der Hölle ist vorbei! Du kannst gleich mit mir heimkehren; der heiße, dich wieder erwärmende Kaffee dampft schon auf dem Tische.

TEUFEL. Vortrefflich, Großmütterchen, vortrefflich! – Aber zum Kaffee habe ich gern etwas zu lesen! – Schulmeister, haben Sie vielleicht die Schriften des Professors Krug bei sich, insbesondere diejenige, welche den neuesten Stand der griechischen Sache betrifft?

SCHULMEISTER. Ja, man hat mir heute faule Heringe geschickt; – vermittelst derselben faulen Heringe *Indem er mehrere Pakete herauszieht.* kann ich Ihnen auch noch mit den Erzählungen von van der Velde, mit den sämtlichen Werken der ertrunkenen Louise Brachmann, und wenn ich nicht irre, sogar mit dem Westöstlichen Divan und Wilhelm Meisters Wanderjahren von Goethe aufwarten.

TEUFEL. Ei, welch ein Haufen gedruckten Zeugs! – Großmutter, hast du keinen Bedienten bei dir, der ihn uns nachträgt?

DES TEUFELS GROSSMUTTER. Freilich; ich habe den Kaiser Nero mitgenommen; er steht draußen an der Treppe und putzt die Reitstiefeln, welche ich dir mitgebracht habe.

TEUFEL *ruft.* Nero, Nero!

DER RÖMISCHE KAISER NERO *tritt ein, in Livree, die Reitstiefeln des Teufels in der Hand.* Was beliebt Eur Gnaden?

TEUFEL. Her mit den Reitstiefeln! *Er zieht sie sich an; – zu Nero.* Was treibt dein Kamerad Tiberius?

NERO. Er liegt auf der Bleiche und trocknet seine Wäsche.

TEUFEL. Da tut er klug! – – Hier, guter Nero, – nimm den Stand der griechischen Sache unter den linken und die poetischen Werke der Louise Brachmann unter den rechten Arm, und trag sie uns nach!

NERO. Ganz wohl, Eur Gnaden!

TEUFEL *zu der Gesellschaft, schelmisch lachend.* Auf Wiedersehen, auf Wiedersehen!

Er, seine Großmutter, und Nero mit den Büchern unter dem Arme, versinken.

SCHULMEISTER. Was war das, Herr Baron?

BARON. Das frage ich Sie, Herr Schulmeister!

RATTENGIFT. Mir geht die Idee zu einer naiv-verrückten Ballade auf: »Nero putzt des Teufels Reitstiefeln!«

BARON. Verwunderst *du* dich denn nicht, Liddy?

MOLLFELS. Liddy und ich haben nicht gehörig darauf geachtet!

BARON. Das lobe ich; so geziemt es Verliebten! *Zu einem eintretenden Bedienten.* Ist unsere Kutsche unverletzt?

DER BEDIENTE. Keine Menschenseele hat sie berührt.

BARON. So hol mir den Flaschenkorb, der sich darin befindet.

Der Bediente ab.

Wir wollen uns zur Restauration einige Terrinen Punsch machen!

SCHULMEISTER *fällt aus den Wolken.* Herr Baron, wie vernünftig Sie sind!

Der Bediente bringt den Flaschenkorb.

RATTENGIFT *am Fenster.* Aber wer kommt dort noch mit der Laterne durch den Wald? Es scheint, daß er seinen Weg hieher richtet!

SCHULMEISTER *ebenfalls am Fenster.* O so schlage der Donner darein! Kommt mir der Kerl mit seiner Laterne noch spät in der Nacht durch den Wald, um uns den Punsch aussaufen zu helfen! Das ist der vermaladeite Grabbe, oder wie man ihn eigentlich nennen sollte, die zwergigte Krabbe, der Verfasser dieses Stücks! Er ist so dumm wie'n Kuhfuß, schimpft auf alle Schriftsteller und taugt selber nichts, hat verrenkte Beine, schielende Augen und ein fades Affengesicht! Schließen Sie vor ihm die Tür zu, Herr Baron, schließen Sie vor ihm die Tür zu!

GRABBE *draußen vor der Tür.* O du verdammter Schulmeister! Du unermeßlicher Lügenbeutel!

SCHULMEISTER. Schließen Sie die Tür zu, Herr Baron, schließen Sie die Tür zu!

LIDDY. Schulmeister, Schulmeister, wie erbittert sind Sie gegen einen Mann, der Sie geschrieben hat!

Es klopft.

Herein!

Grabbe tritt herein mit einer brennenden Laterne.
Der Vorhang fällt.

Biographie

1801 *11. Dezember:* Christian Dietrich Grabbe wird als einziges Kind eines Zuchthausaufsehers und späteren Leihbankverwalters in Detmold geboren.

1812 *Ostern:* Eintritt in das Detmolder Gymnasium.
Während der Gymnasialzeit umfangreiche Lektüre und erste dramatische Versuche unter dem Einfluss Shakespeares.

1817 *Juli:* Der sechzehnjährige Grabbe bietet dem Verleger Georg Joachim Göschen in Leipzig das Manuskript seines Dramas »Theodora« (nicht erhalten) an, das dieser jedoch ablehnt.

1819 *Ostern:* Grabbe wird aus moralischen Gründen das Reifezeugnis verweigert. Er muss die Abschlussklasse wiederholen.

1820 *Mai:* Nach der Erteilung des Reifezeugnisses beginnt Grabbe in Leipzig Jura zu studieren. Neben juristischen Kollegs besucht er auch historische und philosophische Vorlesungen.

1822 *April:* Fortsetzung des lustlos geführten Studiums in Berlin. Besuch der Kollegs von Georg Wilhelm Friedrich Hegel und Friedrich Karl von Savigny.
Juni: Vollendung des Dramas »Herzog Theodor von Gotland« (erscheint 1827 in den »Dramatischen Dichtungen«). Grabbe sendet das Stück an Ludwig Tieck, der ihm kritische Anerkennung zollt.
September: Abschluss der Arbeit an der Komödie »Scherz, Satire, Ironie und tiefere Bedeutung« (1827 in den »Dramatischen Dichtungen« gedruckt).
Bekanntschaft mit Heinrich Heine und Georg Ferdinand Kettembeil, seinem späteren Verleger.

1823 Grabbe versucht sich vergeblich als Autor, Schauspieler oder Dramaturg am Theater zu etablieren. Zu diesem Zweck unternimmt er von Berlin aus Reisen nach Leipzig, Dresden (auf Einladung Ludwig Tiecks) und Braunschweig (zu August Klingemann). Angesichts der Misserfolge gerät Grabbe in eine tiefe Lebenskrise.

1824 Grabbe wendet sich wieder dem Studium zu. Nach Ablegung des juristischen Staatsexamens erhält er die Erlaubnis, in Lippe als Advokat zu praktizieren.
Unterbrechung der schriftstellerischen Tätigkeit bis 1826.

1826 *Herbst:* Grabbe wird Militärgerichtsbeamter (Hilfsauditeur) beim lippischen Heer.

1827 *Oktober:* Seine bisher unveröffentlichten Jugendstücke erscheinen: »Dramatische Dichtungen nebst einer Abhandlung über die Shakespearo-Manie« (2 Bände). Der Erfolg der Publikation ermutigt ihn zu weiterer schriftstellerischer Tätigkeit.

1828 *Januar:* Beförderung zum lippischen Militärauditeur. Grabbe steht somit im Range eines Leutnants.
Arbeit an »Don Juan und Faust«.

1829 *29. März:* Grabbes Tragödie »Don Juan und Faust« (Musik von Albert Lortzing) wird als einziges Stück zu Lebzeiten des Autors am Hoftheater Detmold uraufgeführt. Die Buchausgabe erscheint im gleichen Jahr.
Arbeit an mehreren Geschichtsdramen, u. a. an »Kaiser Friedrich Barbarossa« (wird im gleichen Jahr gedruckt).

1830 Grabbe arbeitet an dem Drama »Napoleon oder die hundert Tage«, das im darauffolgenden Jahr veröffentlicht wird.
Frühjahr: Beginn der Liebe zu Henriette Meyer, mit der er sich ein Jahr später verlobt.
Grabbe begrüßt die französische Juli-Revolution.

1831 *August:* Reise nach Frankfurt, Rheinfahrt von Mainz nach Koblenz.
Herbst: Bruch mit Henriette Meyer.

1832 Wiederholte Krankheitsanfälle als Folge seiner Trunksucht. Grabbe unterbricht seine schriftstellerische Tätigkeit bis 1834.

1833 *März:* Eheschließung mit der zehn Jahre älteren Louise Christiane Clostermeier, Tochter eines lippischen Archivrats.
Angesichts der als quälend empfundenen Amtsgeschäfte, der ablehnenden Haltung der Bühnen und einer unglücklich verlaufenden Ehe verschärft sich Grabbes Lebenskrise. Er beginnt die Amtsgeschäfte zu vernachlässigen und gibt sich zunehmend der Trunksucht hin.

1834 *Februar:* Grabbe beschließt, den Beruf aufzugeben, und reicht ein Gesuch um die Entlassung aus dem lippischen Staatsdienst ein.
Er beginnt mit der Arbeit an dem Geschichtsdrama »Hannibal«.
Oktober: Flucht Grabbes zu seinem Verleger nach Frank-

furt am Main, mit dem er sich jedoch bald überwirft.
Dezember: Weiterreise zu Karl Immermann nach Düsseldorf, der ihn finanziell unterstützt.
16. Dezember: Entlassung aus dem Staatsdienst.

1835 Grabbe beendet sein Drama »Hannibal« und arbeitet an dem Drama »Die Hermannsschlacht« und der Abhandlung »Das Theater zu Düsseldorf mit Rückblicken auf die übrige deutsche Schaubühne«.
Mit Immermanns Unterstützung erscheinen »Hannibal«, »Aschenbrödel« und »Das Theater zu Düsseldorf«.
November: Grabbe beginnt mit seiner Tätigkeit als Theaterkritiker (bis Mai 1836).

1836 Erkrankung an Rückenmarkschwindsucht. Zudem verschlimmert sich Grabbes Trunksucht.
26. Mai: Grabbe kehrt vereinsamt und gescheitert nach Detmold zurück, wo er sich nur mit Hilfe der Polizei Einlaß in das Haus seiner Frau verschaffen kann.
Juni: Abschluss der Arbeit an der »Hermannsschlacht« (erscheint postum 1838).
12. September: Grabbe stirbt im Alter von 34 Jahren in Detmold.

Geschichten aus dem Sturm und Drang

Zwischen 1765 und 1785 geht ein Ruck durch die deutsche Literatur. Sehr junge Autoren lehnen sich auf gegen den belehrenden Charakter der - die damalige Geisteskultur beherrschenden - Aufklärung. Mit Fantasie und Gemütskraft stürmen und drängen sie gegen die Moralvorstellungen des Feudalsystems, setzen Gefühl vor Verstand und fordern die Selbstständigkeit des Originalgenies.

Lenz Zerbin oder Die neuere Philosophie **Wezel** Silvans Bibliothek oder die gelehrten Abenteuer **Moritz** Andreas Hartknopf. Eine Allegorie **Schiller** Der Geisterseher **Goethe** Die Leiden des jungen Werther **Klinger** Fausts Leben, Taten und Höllenfahrt
ISBN 978-1489596925, 468 Seiten, 19,80 €

Geschichten aus dem Sturm und Drang II

Wezel Kakerlak oder die Geschichte eines Rosenkreuzers **Bürger** Münchhausen **Schiller** Der Verbrecher aus verlorener Ehre **Moritz** Andreas Hartknopfs Predigerjahre **Lenz** Der Waldbruder **Klinger** Geschichte eines Teutschen der neusten Zeit
ISBN 978-1489597106, 424 Seiten, 19,80 €

Dekadente Geschichten

Im kulturellen Verfall des Fin de siècle wendet sich die Dekadenz ab von der Natur und dem realen Leben, hin zu raffinierten ästhetischen Empfindungen zwischen ausschweifender Lebenslust und fatalem Überdruss. Gegen Moral und Bürgertum frönt sie mit überfeinen Sinnen einem subtilen Schönheitskult, der die Kunst nichts anderem als ihr selbst verpflichtet sieht.

Rilke Die Aufzeichnungen des Malte Laurids Brigge **Huysmans** Gegen den Strich **Bahr** Die gute Schule **Hofmannsthal** Das Märchen der 672. Nacht **Rilke** Die Weise von Liebe und Tod des Cornets Christoph Rilke
ISBN 978-1489596833, 392 Seiten, 16,80 €

Printed in Poland
by Amazon Fulfillment
Poland Sp. z o.o., Wrocław

38363995R00036